시지프 신화

알베르 카뮈(Albert Camus, 1913-1960)
(1957년, 유나이티드 프레스 인터내셔널 촬영)

현대지성 클래식 **66**

시지프 신화

LE MYTHE DE SISYPHE

알베르 카뮈 | 유기환 옮김

현대
지성

일러두기

1. 번역의 대본으로는 프랑스 갈리마르 출판사에서 간행한 플레이아드판 『전집: 에세이』 (Albert Camus, *Le Mythe de Sisyphe* in *Oeuvres complètes: Essais*, Bibliothèque de la Pléiade, Paris, Gallimard, 1965)를 사용했다.

2. '시지프'는 그리스어 표기법에 따르면 '시시포스'로 표기해야 하나, 이 책에서는 '시지프 신화' 자체가 카뮈의 사상을 대표하는 표현으로 자리 잡았음을 고려해 '시지프'로 표기했다.

3. 이 책에 사용한 부호의 기준은 아래와 같다.

　『 』: 단행본, 신문, 잡지

　「 」: 논문, 단행본 내 한 장(章)

　" " : 대화 또는 인용

　' ' : 생각 또는 강조

4. [원주]로 표기된 주는 저자가 붙인 것이고, 나머지는 옮긴이가 붙인 주다. 원주에 옮긴이 주를 덧붙인 경우 행갈이로 구분했다.

파스칼 피아에게

오, 나의 영혼이여, 불멸의 삶을 갈망하지 말고,

가능한 삶을 남김없이 소진하라.

― 핀다로스, 「아폴론 제전 우승자에게 바치는 찬가 Ⅲ」

티치아노 베첼리오, 〈시지프〉, 1548-1549년경

『시지프 신화』 1955년 미국판 서문

『시지프 신화』는 내가 훗날 『반항인』에서 본격적으로 탐구할 한 가지 생각의 출발점을 가리킨다. 『반항인』은 살인의 문제를 다루고 『시지프 신화』는 자살의 문제를 다루는데, 두 작업 모두 현대 유럽에서 일시적으로 사라지거나 뒤틀린 '영원한 가치'에 기대지는 않는다. 『시지프 신화』의 핵심 주제는 이렇다. 삶에 의미가 있는지를 스스로 묻는 것은 정당하고도 필요한 일이다. 따라서 자살 문제를 정면으로 마주하는 것도 매우 정당한 일이다. 그리고 이 문제에 깔린 일반적인 역설, 그 역설을 통해 드러나는 대답은 다음과 같다. 설령 우리가 신을 믿지 않는다 해도, 자살은 정당화될 수 없다. 15년 전인 1940년, 프랑스와 유럽을 휩쓴 재앙의 한가운데에서 쓰인 이 책은 허무주의의 한계 속에서도 허무주의를 넘어 앞으로 나아갈 길이 있음을 단언한다. 『시지프 신화』 출간 이후 쓴 모든 책에서 나는 그런 방향을 탐색하고자 했다. 간단히 말하자면, 죽음의 문제를 제기함에도 『시지프 신화』는 사막 한가운데서 살고 창조하라는 명료한 권유로 읽혀야 한다.

이런 맥락에서, 나는 지금까지 써온 일련의 에세이, 다른 주요 저작에 비해 다소 주변적인 몇몇 에세이를 이 철학적 논고에 덧붙여 함께 출간하고자 했다.[1] 『시지프 신화』보다 좀 더 서정적인 형태로 쓰인 이 에세이들은 동의와 거부를 오가는 본질적인 운동을 보여주며, 그 운동은 예술가와 예술가의 힘겨운 소명을 정의한다고 나는 믿는다. 내게 뚜렷하게 드러나는 이 책의 통일성이 미국 독자들에게도 뚜렷하게 드러나기를 바란다. 그 통일성은 한 예술가가 자신이 살아가는 이유와 창조하는 이유에 대해 행할 수 있는 냉정하면서도 열정적인 성찰에 있다. 15년이 흐른 지금, 나는 이 책에서 밝힌 몇몇 입장을 이미 넘어섰다. 하지만 당시 그 입장들을 택하게 했던 절박한 동기에는 한순간도 불성실하지 않았다고 생각한다. 어쩌면 이 점이 미국에서 출간

---

1 『시지프 신화』 미국판에는 『시지프 신화』 외에 5편의 에세이가 실려 있다. 「알제의 여름」, 「미노타우로스 또는 오랑에서 잠시 멈추다」, 「헬레네의 추방」, 「티파사에 돌아오다」, 「예술가와 그의 시대」.

된 나의 책들 가운데 이 책이 가장 개인적인 의미를 띠는 이유일 것이다. 그러므로 이 책은 다른 어떤 책보다도 독자들의 관용과 이해를 필요로 한다.

1955년 3월, 파리에서

알베르 카뮈

차례

부조리한
추론

이 책은 엄밀히 말하자면 우리 시대가 탐구한 적 없는 부조리의 철학이 아니라 금세기에 여기저기서 목격되는 부조리의 감수성을 다루고 있다. 그러므로 서두에서 이 책의 집필이 동시대의 몇몇 탁월한 정신에 빚졌다는 사실을 명시하는 것은 기본적인 양심에 속하는 일이다. 나로서는 그 점을 숨길 의도가 추호도 없기에 독자는 이 책 전체에 걸쳐 그들의 글을 인용하고 해설하는 것을 보게 될 것이다.

하지만 그와 동시에 지금까지 결론으로 여겨온 부조리를 이 시론(試論)에서는 하나의 출발점으로 간주한다는 사실을 밝혀두는 것이 좋겠다. 그런 의미에서 나의 해설에는 잠정적인 측면이 존재한다. 따라서 독자는 나의 해설이 취하는 입장을 결정적인 것으로 예단하지 말아야 하리라. 이 시론은 단지 영혼의 질병을 순수한 상태로 묘사할 뿐이다. 지금 당장은 여기에 어떠한 형이상학도, 어떠한 신앙도 섞여 있지 않다. 그것이 이 책의 한계이자 유일한 의도적 선택이다.

부조리와 자살

진실로 중요한 철학적 문제는 단 하나밖에 없다. 그것은 자살이다. 인생이 살 만한 가치가 있는가 없는가를 판단하는 일이야말로 철학의 근본 질문에 답하는 일이다. 나머지 문제, 예컨대 세계가 3차원으로 구성되어 있는가, 정신의 범주가 아홉 가지로 나뉘는가 열두 가지로 나뉘는가 하는 것은 근본적인 문제가 아니다. 이는 장난삼아 제기할 수도 있는 질문이다. 무엇보다 먼저 철학의 근본 질문에 답해야 한다. 니체가 주장했듯 철학자로서 존중받기 위해서는 자신의 사상을 몸소 실천해 본보기가 되어야 한다면, 우리는 이 대답의 중요성을 새삼스레 깨닫게 된다. 왜냐하면 이 대답에 결정적 행동이 뒤따라야 하기 때문이다. 이런 일은 감성적으로는 자명해 보이지만, 이성적으로 분명히 받아들이려면 깊은 성찰이 따라야만 한다.

어떤 문제가 다른 문제보다 더 절박하다고 판단하는 기준이 무엇인지 자문할 때, 나는 그 문제가 불러일으킬 행동이라고 답한다. 나는 존재론적 논증을 위해 목숨을 던지는 사람을 결코 본 적이 없다. 중요한 과학적 진리를 주장한 갈릴레이는 그 때문에 목숨이 위태로워지

에두아르 마네, 〈자살〉, 1877년경

자마자 너무도 쉽게 그 진리를 버렸다. 어떤 의미에서는 잘한 일이다. 그 진리가 화형을 감수할 만한 가치를 지닌 것은 아니었다. 태양이 지구 주위를 돌든 지구가 태양 주위를 돌든 무슨 상관이랴. 요컨대 그것은 하찮은 문제이다. 반면 인생이 살 만한 가치가 없다고 생각한 탓에 많은 사람이 죽음을 선택한다. 또 어떤 사람들은 역설적으로 자신에게 삶의 이유를 주는 이념이나 환상을 위해 목숨을 버리기도 한다. (이른바 삶의 이유가 훌륭한 죽음의 이유가 되는 것이다.) 그러므로 내 판단으로는, 삶의 의미가 가장 절박한 문제이다. 그 문제에 어떻게 답할 것인가? 모름지기 본질적인 문제, 말하자면 목숨을 버리게 하는 문제 또는 삶의 열정을 배가하는 문제를 생각하는 방식은 아마도 두 가지, 즉 라 팔리스[2]의 방식과 돈키호테의 방식밖에 없다. 우리를 감동시키는 동시에 진리에 이르도록 해주는 것은 자명한 사실과 서정 사이의 균형뿐이다. 그러므로 이토록 평범하면서도 비장한 주제를 다룰 때, 학문적이고 고전적인 변증법보다는 양식(良識)과 공감에서 비롯되는 더욱 겸손한 정신적 태도가 앞서야 한다.

자살은 오로지 사회적 현상으로만 취급되어왔다. 반대로 여기서는 먼저 개인의 생각과 자살 사이의 관계를 논하고자 한다. 자살과 같은

---

2 자크 드 라 팔리스(Jacques de La Palisse, 1470~1525). 16세기 초 수많은 전투를 지휘한 프랑스의 대원수이다. 그의 묘비명에서 '자명한 진리'를 의미하는 표현 '라 팔리스의 진리'(lapalissade)가 유래했다. 그의 묘비에는 "그가 죽지 않았더라면 여전히 세상의 부러움을 샀으리라"(S'il n'était pas mort, il ferait encore envie)라는 문구가 새겨져 있었는데, 후세 사람들이 이를 "그가 죽지 않았더라면 여전히 살아 있으리라"(S'il n'était pas mort, il serait encore en vie)라고 풍자한 데서 지극히 당연한 말을 의미하는 표현으로 자리 잡았다.

행위는 위대한 작품과 마찬가지로 마음의 고요 속에서 준비된다. 자살자 자신도 그러한 사실을 모르고 있다. 어느 날 저녁, 그는 방아쇠를 당기거나 물속으로 뛰어든다. 어떤 부동산 관리인이 스스로 목숨을 끊자, 사람들은 내게 그가 5년 전에 딸을 잃었고 그 이후로 성격이 많이 변했다고, 그 일로 그야말로 '소진되었다'고 말했다. 이보다 더 적절한 표현은 찾기 어려우리라. 생각하기 시작한다는 것은 소진되기 시작한다는 것이다. 이 시작 단계에 사회는 별다른 관련이 없다. 벌레는 인간의 마음속에 있다. 바로 거기서 벌레를 찾아야 한다. 삶을 정면에서 명징하게 응시하다가 돌연 광명의 세계 밖으로 도피하는 이 죽음의 유희를 추적하고 이해하지 않으면 안 된다.

자살에는 수많은 이유가 있는데, 일반적으로 가장 명백해 보이는 이유가 가장 진정한 이유는 아니다. (물론 이런 가설을 배제할 수는 없지만) 심오한 성찰 끝에 자살하는 경우는 드물다. 대개 이성으로 통제할 수 없는 것이 위기의 발단이 된다. 신문에서는 흔히 '내면의 슬픔'이나 '불치의 병'을 언급한다. 이런 설명은 그럴듯해 보인다. 그러나 바로 그날, 그 절망한 사람의 친구 하나가 무관심한 어조로 답하지는 않았는지 살펴야 할 것이다. 그자가 죄인이다. 왜냐하면 그것만으로도 유예 상태에 있던 모든 원한과 낙담이 한꺼번에 밀어닥치기에 충분하기 때문이다.[3]

---

3 이참에 이 시론의 성격을 분명히 밝혀두자. 사실 자살은 훨씬 더 명예로운 이유에 결부될 수 있다. 예컨대 중국 혁명 당시에 항의의 표시로 정치적 자살을 결행하기도 했다. [원주]

정신이 죽음을 선택하는 그 정확한 순간을, 그 미묘한 과정을 분명히 포착하기는 어렵지만, 자살이라는 행위가 전제로 삼는 결론들은 자살 자체에서 그다지 힘들이지 않고 끌어낼 수 있다. 어떤 의미에서 자살은 멜로드라마에서 그렇듯 하나의 고백이다. 그것은 삶을 감당할 수 없음을, 삶을 이해할 수 없음을 고백하는 행위이다. 이런 비유적인 표현으로 너무 깊이 들어가지 말고 일상적인 표현으로 돌아가자. 그것은 단지 삶이 '굳이 살 만한 가치가 없음'을 고백하는 행위이다. 물론 산다는 것은 결코 쉽지 않다. 사람들은 여러 이유로 삶이 요구하는 행위를 계속한다. 그중 첫째가는 이유가 습관이다. 의도적으로 죽는 다는 것은 습관의 덧없음과 살아야 할 심원한 이유의 결여, 번잡한 일상생활의 터무니없음, 고통의 무용성을 본능적으로나마 인식했음을 전제로 한다.

생명을 유지하는 데 필요한 수면마저 앗아가는 이 측량할 길 없는 감정은 도대체 무엇인가? 바람직하지 않은 이유로라도 설명할 수 있는 세상은 우리에게 낯설지 않은 세상이리라. 하지만 반대로 돌연 환상과 빛을 잃은 세계에서 인간은 자신을 이방인이라 느낀다. 이 유배지에는 출구가 없는데, 여기서는 잃어버린 고향의 추억도 약속받은 땅의 희망도 모두 지워진 상태이기 때문이다. 인간과 그의 삶, 배우와 그의 무대 사이의 단절, 그것이 바로 부조리 감정이다. 모름지기 건강한 사람이라면 자살을 생각한 적이 있을 것이기에, 누구나 이 부조리 감정과 허무를 향한 갈망 사이에 직접적인 관계가 있음을 구구한 설명 없이도 이해할 수 있으리라.

이 시론의 주제는 바로 부조리와 자살 사이의 관계를 밝히고, 자살

에드바르 뭉크, 〈애수〉, 1894-1896년

이 부조리에 대해 어느 정도로 해결책이 될 수 있는지를 가늠하는 데 있다. 우리는 속임수를 쓰지 않고 살아가는 사람이라면 누구든지 자기가 진실이라고 믿는 바를 기준으로 행동해야 함을 원칙으로 내세울 수 있다. 그러므로 삶의 부조리를 믿는 사람의 행동은 마땅히 그의 믿음을 좇아야 한다. 이 같은 결론에 따라 우리가 이해할 수 없는 삶의 조건에서 최대한 빨리 벗어나야 하는지 그렇지 않은지를 분명히, 괜한 비장감에 빠지지 않고 자문하는 것은 더없이 자연스러운 일이다. 물론 여기서 나는 자기 자신을 속이지 않을 사람들에 대해 이야기하고 있다.

명확한 언어로 제기되면, 이 문제는 단순하면서도 해결 불가능한 문제로 보일 수 있다. 하지만 단순한 문제는 단순한 답을, 명백한 문제는 명백한 답을 내포하고 있으리라고 사람들은 잘못 생각한다. 선험적으로, 그리고 문제의 항을 뒤집어 보면 자살하든가 자살하지 않든가 선택하는 길뿐이듯이, 철학적 해결책에도 오직 두 가지, 즉 긍정과 부정의 해결책만이 있는 듯 보인다. 실제로 그렇다면 더 바랄 게 무엇이겠는가. 그러나 결론을 내리지 못한 채 늘 의문에 휩싸여 있는 사람들도 고려해야 한다. 공연히 말장난을 하자는 게 아니다. 대다수가 그런 경우에 해당하지 않는가. 또한 부정적으로 대답하는 사람들이 긍정적으로 생각하는 것처럼 행동하는 사례도 있다. 니체의 기준에 따르면, 그들은 결국 긍정적으로 생각하는 사람들이다. 이와 반대로 자살하는 사람들이 도리어 삶의 의미를 확신하는 사례도 종종 눈에 띈다. 이런 모순은 늘 존재한다. 아니, 오히려 논리가 더없이 중요하게 요구되는 이 문제보다 더 모순이 심각한 경우는 없다고까지 말할 수 있다. 철학적 이론과 그 이론을 주장하는 사람의 행동을 비교하려는 시도는 흔하게 목격된다. 하지만 삶에 의미가 없다고 확신한 사상가 중에서 자신의 논리를 삶의 거부까지 밀고 나간 이는 소설에 나오는 키릴로프[4], 전설적 이야기에 휩싸인 페레그리누스[5], 가설을 실천한 쥘 르키에[6]를 제외하고는 아무도 없다. 쇼펜하우어가 음식이 가득한 식탁 앞에서 자살을 예찬했다는 이야기는 우스갯소리로 인용되곤 한다. 그렇지만 이 문제에는 농담의 여지가 없다. 비극적인 일을 진지하게 다루지 않는 태도가 비난의 대상은 아닐지라도, 그런 태도는 당사자의 됨됨이를 판단하는 근거로 작용한다.

이 같은 모순과 미망 앞에서, 그렇다면 우리가 삶에 대해 가질 수 있는 의견과 삶을 버리기 위해 취하는 행동 사이에는 아무런 관계가

---

4 알렉세이 닐리치 키릴로프(Alexei Nilych Kirillov). 도스토옙스키의 장편소설 『악령』에 등장하는 인물로, 논리적 자살을 결행한다. 그의 '인신'(人神) 논리에 따르면 신이 존재하지 않는 허무한 세상에서 인간이 가치를 구현하고 신의 위치에 오르는 방법은 자살로써 죽음의 공포를 극복하는 방법밖에 없다. 키릴로프는 소설의 종결부에서 자신의 논리에 따라 자살한다.

5 나는 페레그리누스처럼 행동한 전후(戰後) 작가의 이야기를 들었다. 그는 첫 작품의 집필을 완료한 후 세간의 이목을 끌기 위해 자살했다. 과연 세간의 이목은 끌었으나 작품은 호평을 받지 못했다. [원주]
페레그리누스 프로테우스(Peregrinus Proteus, 95-165)는 그리스 견유학파의 철학자로, 165년 올림픽 축하 행사에서 죽음을 두려워하지 않는 용기를 과시하고자 장작불에 몸을 던지겠다고 공언한 다음 실제로 이를 실행했다.

6 쥘 르키에(Jules Lequier, 1814-1862). 프랑스 철학자로 신의 전능과 인간의 절대 자유 사이의 조화를 모색했다. 1861년에 사랑하는 여자에게 청혼을 거부당한 그는 삶을 끝내기로 결심했고, 이듬해 자유의지에 따라 바닷물에 뛰어들어 그녀의 이름을 부르며 자살했다.

없다고 생각해야 하는가? 이런 논의에서는 아무것도 과장하지 말아야 하리라. 한 인간이 자신의 생명에 가지는 애착에는 세상의 온갖 비참보다 더 강렬한 무엇인가가 존재한다. 육체의 판단은 정신의 판단 못지않게 가치가 있다. 육체는 소멸의 위험이 닥치면 뒤로 물러난다. 우리는 생각하는 습관을 익히기에 앞서 살아가는 습관을 지니고 있다. 날마다 죽음을 향해 조금씩 나아가는 이 경주에서, 육체는 돌이킬 수 없는 전진을 계속할 수밖에 없다. 끝으로, 이 모순의 본질은 내가 칭하는바 회피에 있다. 왜냐하면 그 회피는 파스칼적인 의미의 위락(慰樂)[7] 이하의 것인 동시에 이상의 것이기 때문이다. 이 시론의 세 번째 주제를 구성하는 치명적 회피는 바로 희망[8]이다. 이는 우리가 거기로 들어갈 '자격'을 갖추어야 한다는 내세에 대한 희망, 또는 삶 자체를 위해서가 아니라 삶을 초월하고 삶을 승화시키고 삶에 의미를 주고 결국 삶을 배반하는 모종의 거창한 관념을 위해 살아가는 사람들의 속임수를 가리킨다.

모든 것이 이처럼 혼란을 불러일으킨다. 전혀 쓸모없는 일은 아닐지라도 지금까지 우리는 어쩌면 말장난을 했고, 삶에 의미가 없다는

---

7 파스칼은 『팡세』에서 인간이 필멸의 존재로서 느끼는 불안과 공포를 잠시라도 잊게 해주는 수단을 '위락'(divertissement)이라고 불렀다. 그가 보기에 누구도 위락 없이 행복해질 수 없지만, 동시에 위락은 인간으로 하여금 진실을 외면하게 만드는 위험한 요소이기도 하다. '생각하는 갈대'인 인간의 삶에서 위락은 일종의 '필요악'이라고 할 수 있다.

8 『시지프 신화』에서 카뮈는 '희망'(espoir)에 특별한 의미를 부여한다. 그는 이를 종교적 희망이라는 뜻으로 흔히 사용하며, 부조리를 해결하는 것이 아니라 회피하는 행위로 본다. 자세한 내용은 옮긴이의 「해설」을 참고하기 바란다.

사실은 필연적으로 삶을 살 필요가 없다는 사실로 귀결된다고 믿는 체했다. 기실 이 두 판단 사이에는 어떠한 필연적인 관계도 없다. 지금까지 지적한 혼란과 단절과 모순 때문에 길을 잃어서는 안 된다. 모든 것을 멀찍이 제쳐놓고 문제의 핵심으로 곧장 나아가야 한다. 인생이 살 만한 가치가 없는 까닭에 자살한다는 것은 하나의 진실이지만, 그것은 너무나 자명한 이치이기에 유용하지 않다. 삶에 대한 이런 모욕, 삶에 대한 이런 부정은 과연 삶이 의미가 없다는 사실에서 비롯되는가? 우리는 과연 희망 또는 자살로써 삶의 부조리를 모면해야 하는가? 이것이야말로 만사를 제쳐두고서 우리가 집요하게 생각하고 명료히 밝히고 깔끔하게 해명해야 할 문제이다. 부조리는 죽음을 요구하는가, 각양각색의 사유와 무심한 정신의 유희에서 벗어나 오로지 이 문제를 최우선으로 고려하지 않으면 안 된다. 소위 '객관적인' 정신의 소유자가 이런저런 문제를 다룰 때마다 늘 끌어들이는 뉘앙스와 모순과 심리는 이런 탐구와 열정에 끼어들 자리가 없다. 여기서는 오직 가혹한 사유, 즉 논리적인 사고만이 필요하다. 그러나 이렇게 사유하는 것은 쉽지 않다. 논리적 태도를 취하기는 어렵지 않지만, 그 논리적인 태도를 끝까지 밀고 나가는 것은 불가능에 가깝다. 자기 손으로 목숨을 끊는 사람들은 자기 가슴에 이는 감정의 비탈길을 끝까지 따라가는 사람들이다. 따라서 자살에 관한 성찰은 나의 관심을 끄는 유일한 문제를 제기할 기회를 준다. 죽음까지 이르는 논리가 존재하는가? 여기서 내가 그 기원을 보여주는 추론을 무절제한 열정에 휩싸이지 않고 오직 명백한 사실에 비추어 밀고 나갈 때만 그 문제에 답할 수 있으리라. 나는 그것을 부조리한 추론[9]이라고 부르고자 한다. 이 추론을 시작한 사람은 많다. 그러나 그들이 이 추론에 끝까지 매달렸는지는 확신할 수 없다.

카를 야스퍼스는 세계를 조화로운 통일체로 구성할 수 없음을 밝히면서 이렇게 외친다. "이런 한계가 나를 나 자신에게로, 즉 내가 그저 표방할 뿐인 객관적 관점 뒤에 더 이상 숨을 수 없는 곳으로, 나 자신도 타자의 삶도 더 이상 내 의식의 대상이 될 수 없는 곳으로 데려간다." 다른 많은 철학자에 이어 야스퍼스는 사유가 한계에 도달하는, 물 한 방울 없이 메마른 황무지를 우리에게 상기시킨다. 그렇다, 틀림없이 많은 이들이 그에 앞서 그곳을 그려냈다. 하지만 그들은 얼마나 서둘러 거기서 **빠져나가려고** 했던가! 사유가 비틀거리는 그 마지막 전환점에 많은 이들이 도달했고, 그들 가운데 상당수는 소박한 사람들이었다. 그들은 자신이 지닌 가장 소중한 것, 즉 자신의 생명을 포기했다. 한편 또 다른 사람들, 이를테면 정신의 왕자들 또한 포기를 선택했다. 하지만 그들이 더없이 순수한 반항심으로 결행한 것은 사유의 자살, 즉 사유의 포기였다. 진정한 노력은 그와 반대로 부조리한 추론을 줄기차게 밀고 나가며, 그 멀고 외딴 고장의 야릇한 식물을 가까이서 자세히 살펴보는 데 있다. 끈기와 통찰력이야말로 부조리와

---

9 '부조리한 추론'(un raisonnement absurde)을 '부조리의 추론'이라고 번역할 수도 있으리라. 그러나 책의 전체적 의미를 고려해 '부조리한 추론'으로 옮겼다. '부조리의 추론'은 부조리라는 결론을 도출하려는 추론으로 이해하기 쉽다. 그러나 『시지프 신화』에서 부조리는 출발점일 뿐이고, 도착점은 반항이다. 부조리한 추론은 인간과 세계의 단절을 뜻하던 부조리가 인간과 세계의 접점을 뜻하는 부조리로 변하는 과정, '절망한 시지프'가 '행복한 시지프'로 변하는 과정을 함축한다.

희망과 죽음이 연출하는 비인간적 연극을 관람할 자격이 있는 특권적 관객들이다. 끈기와 통찰력을 갖추었을 때 비로소 정신은 기초적이면서도 정묘한 그 춤의 여러 양상을 분석할 수 있고, 분석의 끝에 이르러 그것을 설명하고 몸소 다시 살아낼 수 있는 것이다.

부조리한 벽들

위대한 작품들처럼, 심오한 감정은 언제나 말하려는 것 이상의 의미를 나타낸다. 영혼 속에서 일상적으로 일어나는 정감이나 반감은 습관적인 행동이나 사고를 통해 드러나며, 영혼 스스로도 알지 못하는 결과 속으로 끌려 들어간다. 반면 심오한 감정은 찬란하든 비참하든 자신의 세계를 동반한다. 그 감정들은 자신의 분위기가 짙게 드리운 하나의 배타적인 세계를 환히 비춘다. 예컨대 질투의 세계, 야망의 세계, 이기심의 세계 또는 관용의 세계 말이다. 하나의 세계란 하나의 형이상학, 하나의 정신적 태도를 가리킨다. 이미 특별하게 자리한 감정에 대해 참인 것은, 그 밑바탕에 깔린 기본 정서들에 대해서는 더욱더 참일 것이다. 이를테면 아름다움이 우리 안에 불러일으키거나 부조리가 일깨우는 정서처럼, 여전히 모호하고 불분명하면서도 '명료한', 멀리 있는 듯하면서도 '눈앞에 생생히 존재하는' 정서들 말이다.

 부조리의 감정은 어느 길목에서든 불쑥 나타나서 누구에게나 닥칠 수 있다. 그것은 광채 없는 빛 속에서 처절하게 벌거벗고 있어 파악하

파울 클레, 〈피난처〉, 1922년

기가 어렵다. 하지만 어려우니만큼 성찰할 만하지 않은가. 우리에게 한 인간은 영원히 미지의 존재이고, 그의 내면에는 우리가 인지할 수 없으며 근본적으로 파악할 수 없는 무엇인가가 존재한다는 것은 아마도 사실이리라. 그러나 나는 사람들을 '현실적으로' 알고 있고, 그들의 행동거지, 그들의 행위 전체, 그들의 삶의 결과로 그들을 인식한다. 이와 마찬가지로, 분석으로 파악할 수 없는 모든 비합리적인 감정들을 나는 '현실적으로' 정의할 수 있고, '현실적으로' 평가할 수 있는데, 전제 조건은 그 감정의 모든 결과를 지성적으로 가늠하고, 그 감정의 모든 양상을 주의 깊게 통찰하고, 그 감정의 세계를 재구성하는 데 있다. 똑같은 배우를 백 번 보았다고 해서 내가 그를 개인적으로 더 잘 알게 되는 것은 아니다. 그렇지만 그가 연기한 주인공들을 꼼꼼히 분석하면서 마침내 백 번째 배역에 이르러 내가 그를 조금 더 잘 알게 되었노라고 말한다면, 사람들은 내 말에 담긴 일말의 진실을 인정할 수 있으리라. 겉보기에는 역설처럼 들리겠지만 실제로는 교훈담이다. 말하자면 이 역설에는 교훈이 들어 있다. 그것은 한 인간이 그의 진솔한 열정만이 아니라 그의 허구적 연기에 의해서도 정의된다는 사실을 가르쳐준다. 침착하게 살펴보면 몇몇 감정에 대해서도 똑같이 말할 수 있으리라. 그 감정들은 가슴으로 직접 느낄 수는 없지만, 그것이 불러일으키는 행위와 그것이 상정하는 정신적 태도를 통해 부분적으로 드러난다. 이쯤 되면 내가 하나의 방법론을 마련하고 있다는 사실뿐 아니라, 이것이 인식적 방법론이 아닌 분석적 방법론이라는 사실도 느낄 수 있을 것이다. 이런 식의 방법론은 모종의 형이상학을 내포하고, 또 이따금 아직 인식하지 못한 결론을 암암리에 보여주기 마런이다. 책의 마지막 페이지는 이미 책의 첫 페이지에 함축되어 있다. 이러한 처음과 끝의 결합은 불가피한 것이다. 여기에 제시한 방법론은 진정한 인식이란 불가능하다는 사실을 감추지 않는다. 우리는 그저 겉모습을 열거하고 분위기와 풍토를 느낄 수 있을 뿐이다.

부조리라는 이 파악할 수 없는 감정을 아마도 우리는 서로 다르지만 서로 친숙한 세계, 이를테면 지성의 세계, 생활 예술의 세계, 아니 간단히 말해 예술의 세계에서 포착할 수 있을지도 모른다. 시작점에 부조리의 풍토가 있다. 종착점은 부조리한 우주와 그 정신적 태도인데, 그 태도는 고유한 빛을 비춤으로써 세계의 특권적이고 가차 없는 얼굴을 가감 없이, 생생하게 드러낼 것이다.

모든 위대한 행동과 모든 위대한 사상은 전혀 대수롭지 않은 시작점을 가지고 있다. 위대한 작품은 흔히 어느 길모퉁이에서 또는 어느 식당의 회전문에서 탄생한다. 부조리도 마찬가지이다. 부조리의 세계는 다른 어떤 세계보다도 이런 초라한 탄생에서 오히려 자신의 고결성을 끌어낸다. 특정한 상황에서, 무슨 생각을 하느냐는 질문에 '아무 것도 생각하지 않는다'고 대답하는 것은 그런 체하는 가장(假裝)일 수 있다. 사랑받는 이들은 이런 경우를 잘 안다. 그러나 만일 그 대답이 진지한 것이라면, 만일 공허가 웅변이 되는 상태, 일상적 행동의 사슬이 끊어져 마음이 그 사슬을 다시 이어줄 고리를 헛되이 찾아봐야 소용없는 상태, 한마디로 저 기이한 영혼의 상태를 나타내는 것이라면,

그 대답은 부조리의 첫 번째 징후라고 할 수 있으리라.

무대가 붕괴하는 일이 발생하기도 한다. 아침 기상, 전차, 네 시간의 사무실 또는 공장 노동, 점심 식사, 전차, 다시 네 시간의 노동, 저녁 식사, 수면… 똑같은 리듬으로 되풀이되는 월, 화, 수, 목, 금, 토… 이런 일상생활이 대체로 변함없이 계속된다. 하지만 어느 날 '왜'라는 의문이 불쑥 솟아오르고, 모든 것이 놀라움이 깃든 피로와 염증 속에서 시작된다. '시작된다'라는 사실이 중요하다. 염증은 기계적인 생활이 반복된 결과로 생기지만, 동시에 의식의 활동을 출발시키기도 한다. 염증은 의식을 깨우고 그다음 과정을 자극한다. 그다음 과정이란 무심히 일상생활의 사슬 속으로 되돌아가거나, 아니면 결정적으로 각성하는 것이다. 각성한 후 일정한 시간이 흐르면 결과가 나타난다. 그것은 자살 또는 원상회복이다. 염증은 그 자체로는 메스꺼운 구석을 지닌다. 그러나 여기서 나는 염증이 이로운 것이라고 결론지을 수밖에 없다. 왜냐하면 모든 것이 의식에 의해 시작되고, 의식적으로 하는 것이 아니면 그 무엇도 가치가 없기 때문이다. 물론 이런 지적은 딱히 독창적일 게 없고, 오히려 너무나 분명한 것이지만, 부조리의 기원을 개략적으로 인식하는 데에는 전혀 모자람이 없다. 요컨대 모든 것은 단순한 '염려'[10]에서 출발한다.

이처럼 광채 없는 삶의 나날에서는 시간이 우리를 짊어지고 간다.

---

10   여기서 '염려'(souci)는 하이데거의 'sorge'를 연상시킨다. 하이데거에 따르면 오직 '현존재', 즉 인간만이 사유와 반성을 통해 자신과 타자와 세계를 염려한다. 염려는 현존재의 가장 중요한 변별적 특징 중 하나이다.

디에고 리베라, 〈꽃 파는 사람〉, 1942년

그러나 언젠가 우리가 시간을 짊어지고 가야 할 때가 오기 마련이다. 일상생활에서 우리는 미래를 바탕으로 살고 있다. "내일", "나중에", "네가 형편이 나아지면", "나이가 들면 너도 이해하게 될 거야." 현재를 바탕으로 살지 못하는 이런 모순은 놀랍기 짝이 없는데, 결국 미래는 죽음에 이르기 때문이다. 하지만 누구나 자신이 서른 살임을 깨닫거나 서른 살이라고 말하는 날이 온다. 그런 식으로 그는 문득 자신의 젊음을 인식하는 것이다. 동시에 그는 시간에 비추어 자신의 위치를 설정한다. 말하자면 시간 속에 자신을 자리매김한다. 즉 그는 자신이 따라갈 수밖에 없는 어떤 곡선의 일정한 지점에 도달했음을 문득 깨닫는 것이다. 한마디로 그는 자신이 시간의 소유물이고, 자신을 사로잡는 공포로 미루어 시간 속에 죽음이라는 최악의 적이 도사리고 있음을 알아챈다. 그런데 내일을, 전력을 다해 거부했어야 할 그 내일을 바라고 있었으니… 육체의 살 떨리는 저항, 바로 그것이 부조리이다.[11]

그보다 더 아래에는 '이방감'(異邦感)이 있다. 이를테면 문득 세계가 '두껍다'는 것을 깨닫고, 하나의 돌이 얼마나 낯설고 완강한지를, 자연이, 하나의 풍경이 우리를 얼마나 강력하게 부정할 수 있는지를 알아차리는 것이다. 모든 아름다움의 저변에는 비인간적인 무언가가 깃들고, 이 언덕, 다사로운 하늘, 그림 같은 나무가 불현듯 실낙원보다 더 멀어지며 우리가 부여했던 덧없는 의미를 잃어버린다. 세계의 원초적

---

11 이 부조리가 문자 그대로의 부조리는 아니다. 여기서 문제는 부조리를 정의하는 게 아니라 부조리를 내포할 수 있는 감정들을 '열거'하는 것이다. 열거의 완료가 부조리의 완전한 해명을 뜻하는 것이 아님은 말할 필요조차 없다. [원주]

적의가 수천 년의 세월을 거슬러 우리를 향해 밀려든다. 한동안 우리는 세계를 이해할 수 없게 된다. 왜냐하면 수 세기 동안 우리는 그 세계에 미리 부여한 형상과 윤곽만을 이해해왔지만, 이제 더 이상 우리 자신에게 그런 우격다짐을 행사할 힘이 없기 때문이다. 세계가 다시 본연의 모습으로 돌아갔기 때문에, 우리는 세계를 손에 쥘 수 없다. 인간의 습관에 가려져 있던 무대가 돌연 제 모습을 되찾은 것이다. 무대는 우리에게서 멀어져간다. 한 여자의 익숙한 얼굴에서 몇 달 전에, 혹은 몇 년 전에 사랑했던 여자를 마치 이방인처럼 다시 만나는 날이 있듯, 어쩌면 우리는 별안간 자신을 몹시 외롭게 만드는 무엇인가를 갈망하게 될지도 모른다. 그러나 아직 그때가 도래하지는 않았다. 다만 한 가지는 확실하다. 즉 세계의 두꺼움과 이방감, 그것이 바로 부조리이다.

인간들 또한 비인간적인 것을 발산한다. 우리의 의식이 명징한 시간에는, 인간들이 하는 행위의 기계적 양상과 그들이 보여주는 의미 없는 무언극이 그들을 둘러싼 모든 것을 어리석어 보이게 만든다. 한 남자가 유리 칸막이 뒤에서 전화로 이야기를 나누고 있다. 우리에게 그의 목소리는 들리지 않지만, 그의 불가해한 몸짓은 보인다. 이쯤 되면 그는 왜 사는 걸까 하고 우리 스스로 자문하게 된다. 인간 자체의 비인간성 앞에서 느끼는 이 불편함, 실제 그대로인 우리 모습 앞에서 경험하는 이 측량할 길 없는 추락, 우리 시대 어느 작가의 표현을 빌리자면 이 '구토감'[12] 역시 부조리이다. 마찬가지로 어느 날 뜬금없이 우리를 만나러 거울 속으로 들어오는 이방인, 우리가 자신의 사진 속에서 재회하는 친근하면서도 불안스러운 형제, 그것 또한 부조리이다.

드디어 죽음과 우리가 죽음에 대해 가지고 있는 감정이라는 문제에 이르렀다. 이 점에 대해서는 이미 모든 것이 이야기되었으니, 비장한 감정은 되도록 자제하는 것이 좋겠다. 그러나 모든 사람이 마치 그런 것은 '모른다'는 듯 살아가고 있다는 사실은 정녕 놀라운 일이다. 하기야 죽음의 경험은 실제로 존재할 수 없는 게 아니던가.[13] 엄밀한 의미에서, 우리가 살아낸 것과 의식한 것만이 우리의 체험을 이룬다. 여기서는 타인의 죽음에 대한 경험을 이야기할 수 있을 뿐이다. 그것은 하나의 대용품이요, 정신적 관점에 불과하므로 우리를 설득하지 못한다. 다시 말해 이 우울한 관례적 경험은 설득력이 없다. 사실상 공포는 사건의 수학적 측면에서 비롯된다. 시간은 우리를 두렵게 하는데, 왜냐하면 시간이 우리에게 반드시 사실을 증명하고 그 결과를 보여주기 때문이다. 영혼에 대한 온갖 미사여구는 여기서, 적어도 당분간은 그와 반대되는 명백한 증거를 만나게 될 것이다. 따귀를 때려도 더 이상 자국을 내지 못하는 무기력한 육체에 더 이상 영혼의 자리는 없다. 죽음이라는 모험의 기본적이고 결정적인 측면이 부조리 감정의 내용을 이룬다. 이 숙명의 치명적인 조명 아래에서 무용성이 드러난다. 인

---

12 카뮈는 1938년 10월 20일 『알제 레퓌블리캥』에 사르트르의 소설 『구토』(*La Nausée*)에 대한 서평을 썼다.

13 철학자 장켈레비치는 죽음을 '경험적이면서도 초경험적인 비극'으로 정의했다. 왜냐하면 우리는 죽음을 단 한 번만 경험하며, 결코 그 경험을 반추할 수 없기 때문이다. 반추할 수 없는 경험이 경험으로서 무슨 의미가 있을까. (Vladimir Jankélévitch, *La Mort*, Paris, Flammarion, 1977, p. 8.)

간 조건을 관장하는 피비린내 나는 수학 앞에서는 어떤 도덕도 어떤 노력도 '선험적으로' 정당화될 수 없다.

다시 한번 말하지만, 이 모든 문제는 이미 수없이 이야기되어왔다. 나는 여기서 간략한 분류와 명백한 주제를 제시하는 데 그치고자 한다. 그 주제는 모든 문학과 모든 철학에 두루 나타난다. 일상적인 대화마저도 그로 인해 풍요로워진다. 그러한 주제를 새삼스럽게 창안한다는 것은 어불성설이다. 하지만 뒤이어 가장 본질적인 문제를 성찰하기 위해서는 먼저 이런 명백한 사실을 확인해야 한다. 거듭 말하지만, 나의 관심을 끄는 것은 부조리의 발견이 아니라 그 발견의 결과이다. 이런 사실을 확인한 후, 우리는 과연 어떤 결론을 내려야 하며, 아무것도 회피하지 않으려면 어디까지 나아가야 하는가? 자발적으로 죽어야 할 것인가, 아니면 무슨 일이 있어도 희망을 가져야 할 것인가? 대답하기에 앞서, 지성의 차원에서도 간략하게 동일한 검토를 거칠 필요가 있다.

정신의 첫 번째 기능은 무엇이 참이고 무엇이 거짓인지를 가려내는 데 있다. 그러나 사유가 사유 자체를 성찰하는 순간, 즉시 하나의 모순을 발견하게 된다. 합리적으로 설득하려 애써봐야 소용없다. 이 문제에 대해 아무도 아리스토텔레스보다 더 명쾌하고 우아한 논증을 하지 못했다. "이러한 의견이 흔히 초래하는 우스꽝스러운 결과는 그것이 스스로 붕괴한다는 사실이다. 왜냐하면 '모든 것은 진리이다'라고 주장함으로써 우리는 그 반대 주장[14]도 진리임을 주장하는 셈이고, 그 결과 (그 반대 주장이 우리 명제의 진리성을 허용하지 않으므로) 우리 명제의 허위성을 주장하는 셈이 되기 때문이다. 우리가 '모든 것은 허위이다'라고 말한다면, 이 주장 또한 허위가 되고 만다.[15] 만약 우리의 주장에 반대되는 주장만은 허위라거나 우리의 주장만은 허위가 아니라고 말한다면, 우리는 무수히 많은 진리 또는 허위 주장을 인정해야 하리라. 왜냐하면 진리 주장을 펼치는 사람은 그 주장만은 진리라고 선언할 것이고, 이런 선언이 무한히 계속될 것이기 때문이다."

이런 악순환은 스스로를 성찰하는 정신이 현기증 나는 소용돌이에 휘말리는 순환 논리의 첫 번째 사례에 지나지 않는다. 게다가 이 역설은 그 단순성 때문에 도무지 해결할 수 없는 것으로 드러난다. 어떤 언어의 유희나 논리의 곡예를 펼치든, 요컨대 이해한다는 것은 무엇보다 인간의 관점으로 통일한다는 것이다. 아무리 진화된 단계라 해도, 정신의 깊은 욕망은 인간이 우주 앞에서 느끼는 무의식적 감정과 연결된다. 그것은 바로 친밀한 관계에 대한 욕구이며, 명징한 인식에 대한 갈망이다. 인간의 차원에서 세계를 이해한다는 것은 세계를 인간적인 것으로 환원하고 인간의 낙인을 찍는다는 것이다. 고양이의

---

14 '모든 것은 허위이다'라는 주장을 일컫는다. 말하자면 모든 명제가 진리이기 위해서는 그 속에 포함된 하나의 명제, 즉 '모든 것은 허위이다'라는 명제도 진리가 되어야 한다.

15 '모든 것은 허위이다'라는 명제가 진리이기 위해서는 모든 명제에 포함된 하나의 명제, 즉 '모든 것은 진리이다'라는 명제도 허위가 되어야 한다. 하지만 '모든 것은 진리이다'라는 명제는 그 자체로 허위가 될 수 없다.

세계는 개미핥기의 세계가 아니다. "모든 사상은 인간의 모습을 띠고 있다"라는 자명한 단언도 같은 의미를 지닌다. 마찬가지로, 현실을 이해하고자 하는 정신은 현실을 인간 사유의 어휘로 환원했을 때 비로소 만족을 느낀다. 만일 우주가 인간처럼 사랑하고 괴로움을 느낄 수 있다고 인간이 인식한다면, 인간은 금세 마음의 안정을 찾으리라. 만일 인간 사유가 변화무쌍한 현상을 비추는 거울 속에서 그 현상들을 요약하고 그 자체도 단일한 원리로 요약할 수 있는 영원한 관계를 찾아낸다면, 우리는 비로소 복자(福者)들의 신화도 우스꽝스러운 위조품에 불과할 진정한 정신의 행복을 논할 수 있으리라. 이런 통일성에의 향수, 이런 절대에의 갈망은 인간 드라마의 본질적 방향을 설명한다. 그러나 이런 향수가 실제로 존재한다고 해서 즉각적으로 달래야 할 필요는 없다. 왜냐하면 욕망이 정복으로 가는 길을 가로막는 심연을 뛰어넘어 우리가 파르메니데스[16]와 함께 (그것이 무엇이든 간에) '유일자'의 실재를 주장한다면, 우리는 정신의 우스꽝스러운 모순에 빠지게 되기 때문이다. 즉 하나의 정신이 완전한 통일성을 주장하는 순간, 바로 그 주장 때문에 자신이 해소하려 한 차이와 다양성을 긍정하게 된다. 이 또 다른 악순환은 우리의 희망을 질식시키기에 충분하다.

이 또한 명백한 사실이다. 거듭 말하지만, 흥미로운 것은 사실 그

---

16 기원전 5세기에 활약한 그리스 철학자로서 존재와 무(無)를 탐구했다. 그에 의하면 무, 즉 '없음'은 개념을 설정할 수 있을 뿐, 실체를 상상할 수도 증명할 수도 없다. 존재와 존재를 구분하려면 사이사이에 '없음'이 존재해야 하지만, '없음'은 존재할 수 없다. 따라서 존재는 통일성을 갖춘 하나로 볼 수 있다. 파르메니데스는 통일적인 하나의 존재를 '유일자'라고 불렀다.

자체가 아니라 거기서 도출할 수 있는 결과이다. 나는 또 하나의 분명한 사실을 알고 있다. 인간은 필멸의 존재이다. 그러나 이 사실에서 극단적인 결론을 끌어낸 사람은 손에 꼽을 정도로 적다. 이 시론에서는 우리가 안다고 생각하는 것과 실제로 아는 것 사이의 편차, 실질적 동의와 가장된 무지 사이의 편차를 항상 염두에 두어야 한다. 기실 가장된 무지는 우리로 하여금 일련의 생각을 무시하고 살아가게 해주는데, 만일 그 생각을 생생히 실감한다면 우리의 삶은 송두리째 뒤집히고 말 것이다. 이처럼 얽히고설킨 정신의 모순 앞에서, 우리는 우리의 창조물과 우리 자신 사이의 단절을 어렵지 않게 느낄 수 있다. 인간 정신이 희망이라는 부동의 세계에서 침묵하는 한, 모든 것은 인간의 향수가 만든 통일성 속에서 표출되고 정돈될 것이다. 그러나 인간 정신이 조금이라도 움직이기 시작하면, 즉시 이 세계는 균열을 일으키며 무너지고, 헤아릴 수 없이 많은 파편이 인간의 인식 앞에 드러날 것이다. 그렇게 되면 우리에게 마음의 평화를 주는 친숙하고 고요한 세계를 재구축할 생각은 일찌감치 단념해야 한다. 수 세기에 걸친 탐구와 숱한 사상가의 포기를 지켜본 우리는 이것이 우리가 인식하는 모든 것에 대한 진실임을 잘 알고 있다. 직업적인 합리주의자를 제외하면, 오늘날 우리는 이 진실 앞에서 절망하고 있다. 만약 인간 사유의 유일하고 의미 있는 역사를 써야 한다면, 끝없는 회한과 무기력으로 점철된 역사를 써야 하리라.

과연 나는 누구에 대해, 무엇에 대해 이렇게 말할 수 있는가? "나는 그것을 알고 있다!" 내 안의 이 마음, 나는 그것을 느낄 수 있고 그것이 존재한다고 판단한다. 이 세계, 나는 그것을 만질 수 있고 그것이 존재한다고 판단한다. 나의 지식은 거기서 멈추며, 나머지는 모두 재구성의 산물이다. 왜냐하면 내가 확신하는 이 자아마저 파악하고 정의하고 요약하려는 순간, 손가락 사이로 새어 나가는 물처럼 흩어져 버리기 때문이다. 나는 자아가 가진 모든 얼굴과 사람들이 부여한 모든 얼굴을, 예컨대 거기서 드러나는 그 교육, 그 출신, 그 열정 혹은 침묵, 그 위대함이나 저열함을 하나하나 그릴 수 있다. 그러나 아무도 그 모든 얼굴을 하나로 합칠 수 없다. 나의 소유인 이 마음조차 내게 영원히 정의할 수 없는 것으로 남으리라. 내가 내 존재에 가지는 확신과 이 확신에 부여하려는 내용 사이에 깊게 파인 심연은 결코 메워지지 않으리라. 영원히 나는 나 자신에게 이방인이 되리라. 논리학에도 심리학에도 여러 진리는 있지만, 유일한 진리는 없다. "너 자신을 알라"는 소크라테스의 명제는 "덕을 행하라"는 고해신부의 명제보다 더 큰 가치를 지니지 못한다. 이 명제들은 무지와 동시에 향수를 드러낸다. 그것은 거대한 주제에 대한 헛된 유희에 불과하다. 대략적인 근사치라는 한계 내에서만 타당성이 있을 뿐이다.

또한 여기에 나무가 있고, 나는 그 꺼칠꺼칠한 촉감과 물기를 알고 있으며 그 맛을 느낄 수 있다. 이 풀과 별의 향기, 밤, 마음이 편안해지는 몇몇 저녁, 어떻게 내가 그 힘과 활력을 온몸으로 느끼는 이 자연을 부정할 수 있을까? 그렇지만 지상에 존재하는 어떤 지식도 이 세계가 내 것이라는 확신을 주지 못하리라. 당신은 내게 세계를 묘사해주고, 그것을 분류하는 법을 가르쳐준다. 당신은 세계의 법칙을 열거하고, 나는 지식에 대한 갈증을 느끼며 그 법칙이 참이라는 데 동의한다. 당신은 세계의 메커니즘을 해체하고, 나의 희망은 부풀어 오른다.

마지막 단계에 이르면 당신은 오색찬란하고 기품 있는 이 우주가 원자로 환원되고, 원자는 전자로 환원된다는 사실을 가르쳐준다. 그 모든 것이 흡족하여 나는 당신이 계속하기를 기다린다. 하지만 당신은 전자들이 핵 주위를 도는 비가시적인 궤도 체계를 내게 이야기한다. 결국 당신은 이 세계를 하나의 이미지로 설명하는 것이다. 그때 나는 당신이 시(詩)에 도달했음을 알아차린다. 말하자면, 나는 결코 이 세계를 알 수 없으리라. 내가 그에 대해 분개할 시간이라도 있을까? 당신은 벌써 이론을 바꿔버렸으니 말이다. 이처럼 내게 모든 것을 가르쳐줄 듯했던 과학은 결국 가설로 끝이 나고, 명증성은 은유 속으로 가라앉고, 확실성은 예술 작품으로 귀착된다. 나는 왜 그토록 큰 노력을 기울였던가? 차라리 이 언덕의 부드러운 곡선, 불안한 마음을 어루만지는 저녁의 손길이 내게 훨씬 더 많은 것을 가르쳐준다. 시작점으로 되돌아온 것이다. 설령 과학으로 모든 현상을 파악하고 열거할 수 있다 할지라도, 내가 세계를 이해하게 된 건 아니라는 사실을 깨닫는다. 내가 세계의 울퉁불퉁한 표면을 모두 손가락으로 만져보았다 하더라도, 세계를 그 이상 알지는 못하리라. 당신은 확실하기는 하나 아무것도 내게 알려주지 않는 묘사와 내게 알려주려고는 하나 아무것도 확실하지 않은 가설 사이에서 선택하기를 요구한다. 나 자신과 이 세계에 이방인인 나, 나를 구원하기 위해 긍정과 동시에 스스로를 부정하는 사유로 무장한 나, 오직 알기와 살기를 거부함으로써만 평화를 얻을 수 있는 이 조건, 정복의 욕망이 난공불락의 벽에 부딪히는 이 조건은 도대체 무엇이란 말인가? 무엇인가를 원한다는 것은 역설을 불러일으킨다는 것이다. 모든 것이 무관심, 마음의 졸음 또는 치명적인 체념이 가져오는 중독된 평화가 탄생할 수 있도록 조율되어 있다.

그러므로 지성 또한 나름의 방식으로 이 세계가 부조리하다는 진단을 내린다. 그 반대쪽에 있는 맹목적 이성이 모든 게 명징하다고 주장해봤자 소용없다. 나는 이성이 옳기를 바랐고, 그 증거를 기다렸다. 그러나 오만하기 짝이 없던 숱한 세월과 그럴듯한 주장을 늘어놓았던 수많은 사상에도 불구하고, 나는 그것이 허위라는 것을 알게 되었다. 적어도 이런 차원에서는, 내가 진실을 알지 못한다면 행복이란 존재하지 않는다. 이런 보편적이거나 실천적이거나 도덕적인 이성, 이런 결정론, 모든 걸 설명하는 이런 범주들은 모름지기 성실하고 정직한 사람을 웃게 할 것이다. 그런 것들은 정신과 아무런 관련이 없다. 그들은 정신의 심오한 진실, 즉 정신이 사슬에 묶여 있다는 진실을 부정한다. 이 해독할 수 없고 한계 지어진 우주에서 인간의 운명은 비로소 의미를 띤다. 일군의 비합리가 여기저기서 솟아올라 인간의 운명을 최후까지 둘러싼다. 통찰력이 되살아나고 명징해지면서, 부조리의 감정이 더욱 확실히 느껴진다. 앞서 나는 세계가 부조리하다고 말했는데, 너무 성급했다. 세계는 그 자체로 합리적이지 않으며, 이것이 우리가 말할 수 있는 전부이다. 부조리는 이처럼 세계의 비합리성과 인간의 가장 깊은 내면에서 메아리치는 명증성을 향한 불타는 욕망 사이에서 태어난다. 부조리는 인간과 동시에 세계에 종속된 것이다. 지금으로서는 부조리가 인간과 세계를 잇는 유일한 끈이다. 마치 증오가 존재와 존재를 묶어놓듯, 부조리는 인간과 세계를 서로에게 접합시킨다. 나의 모험이 계속되는 이 무한한 우주에서, 내가 명징하게 인식할 수 있는 사실은 이게 전부이다. 여기서 잠시 발걸음을 멈추자. 만일 내가 삶과 나의 관계를 규정하는 부조리를 진실로 인정한다면, 만일 내가 세계의 정경 앞에서 나를 사로잡는 감정과 지적 탐구가 불러일으킨 통찰을 깊이 확신한다면, 나는 그 확신을 위해 모든 것을 희생하고, 확신을 유지하기 위해 그것을 정면으로 직시해야 한다. 특히 나는 그 확신에 따라 나의 행동을 조율하고, 그 확신을 귀결점까지 밀고 나가야 한다. 지금 나는 정직성에 대해 말하고 있다. 하지만 그에 앞서, 사유가 과연 이런 사막에서 살아갈 수 있는지 알고 싶다.

나는 사유가 적어도 이 사막으로 들어섰다는 사실을 이미 알고 있다. 사유는 그곳에서 자신을 살찌울 빵을 발견했다. 즉 그때까지는 허상을 먹고 자라왔음을 깨달은 것이다. 사유는 인간 성찰의 가장 절박한 주제 가운데 몇몇을 새롭게 맞이했다.

부조리는 인식되는 그 순간부터 하나의 열정, 모든 열정 중에서 가장 비통한 열정이 된다. 그러나 부조리의 열정과 함께 살아갈 수 있는지, 즉 우리의 가슴을 흥분시키는 동시에 불태워버리는 열정의 심오한 법칙을 받아들일 수 있는지를 아는 것, 바로 그것이 문제이다. 하지만 그것은 아직 우리가 제기하려는 문제가 아니다. 이는 부조리 경험의 핵심을 이루는 문제로, 머잖아 다시 다룰 기회가 있을 것이다. 지금은 사막에서 태어난 주제와 충동을 인식하는 데 집중하자. 아마도 그것들을 열거하는 것만으로 충분하리라. 그 주제와 충동 또한 오늘날 만인에게 알려져 있다. 비합리의 권리를 옹호하는 사람들은 언제나 있었으니 말이다. 이른바 모욕받은 사유의 전통은 끊임없이 존속해왔다. 합리주의에 대한 비판은 너무나 빈번히 제기되어 더 이상 되풀이할 필요가 없어 보이기도 한다. 그러나 우리 시대에는 마치 이성이 지속적으로 전진해왔다는 듯, 이성을 비틀거리게 하려고 애쓰는 역설의 체계가 잇달아 탄생하고 있다. 이런 줄기찬 공격은 이성 자체의 효능을 반증한다기보다 이성이 불러일으키는 희망의 강도를 반증한다. 역사적 차원에서 볼 때, 이성을 둘러싼 두 가지 대립적인 태도가 늘 존재했다는 사실은 통일성을 구현하려는 소망과 그 소망을 옥죄는 벽에 대한 명징한 인식 사이에서 찢겨온 인간의 근본적 열정을 설명한다.

어쨌든 우리 시대만큼 이성에 대한 공격이 활발했던 시대는 없었으리라. "뜻밖에도 그것은 세상에서 가장 오래된 고귀함이었다. 내가 어떤 영원한 의지도 천지 만물을 압도하지 못한다고 말했을 때, 나는 천지 만물에 그 고귀함을 돌려주었던 셈이다"라는 차라투스트라의 위대한 외침 이후로, "그 뒤에는 아무것도 없는 바로 그 죽음에 이르는 병"이라는 키르케고르의 치명적 질병 선언 이후로 부조리 사유의 의미심장하면서도 고통스러운 주제가 줄지어 나타났다. 그게 아니라면 적어도, 이 뉘앙스는 매우 중요한데, 비합리적이며 종교적인 사유의 주제가 연이어 출현했다. 야스퍼스에서 하이데거까지, 키르케고르에서 셰스토프까지, 현상학자들에서 셸러까지 논리적 차원과 도덕적 차원에서 볼 때 방법과 목적에서는 대립적이지만, 향수 어린 동경심에서는 동일한 혈족인 일군의 정신이 이성이라는 왕도를 차단하고 올바른 진리의 길을 되찾는 데 전념했다. 나는 여기서 그들의 사상을 이미 널리 알려진 기성 사상으로 간주하고자 한다. 그들의 야망이 무엇이든, 또 무엇이었든 간에, 그들은 모두 모순과 불일치와 고뇌와 무기력이 지배하는 이 형용할 수 없는 세계로부터 출발했다. 그들의 공통 관심사는 지금까지 우리가 거론한 주제들이다. 그들에게도 무엇보다 중요한 것은 이러한 발견에서 도출한 결론이라는 사실을 강조해야 한다. 이는 매우 중요하므로 나중에 따로 검토할 필요가 있으리라. 그러나 지금 당장으로서는 그들의 발견과 최초의 경험이 중요하다. 다시 말해 그들의 일치점을 확인해야 한다. 그들의 철학을 이러니저러니 논하는 건 외람된 일이지만, 그들에게 공통된 풍토를 가늠하는 건 가능하며 또 그것으로 충분하다.

하이데거는 인간 조건을 냉정하게 고찰하고, 실존이 능욕당하고 있다고 단언한다. 유일한 현실은 존재의 전 상황에서 드러나는 '염려'이다. 세계와 세계의 위락 속에서 길을 잃은 인간에게 그 염려는 잠시 스쳐 지나가는 공포이다. 그러나 그 공포가 의식 속으로 들어오면 명철한 인간의 영원한 풍토, 즉 고뇌가 되는데, "그 고뇌 속에서 실존이 나타난다." 이 철학 교수는 세상에서 가장 추상적인 언어로 담담하게 "인간 실존의 유한하고 제한적인 특성은 인간 자체보다 더 근원적인 중요성을 지닌다"라고 쓴다. 칸트에게 관심을 기울인 결과로 그는 '순수 이성'의 편협한 특성을 인식한다. 또한 그 결과로 분석의 끝에 이르러 "세계는 고통받는 인간에게 아무것도 줄 것이 없다"라고 결론짓는다. 하이데거에게는 '염려'가 추론의 범주를 훌쩍 뛰어넘는 것이기에 그는 오직 그것만을 생각하고 오직 그것만을 이야기한다. 그는 염려의 얼굴들을 열거한다. 예컨대 평범한 인간이 염려를 무디게 하고 잊으려 애쓸 때 느끼는 권태, 또는 정신이 죽음을 응시할 때 느끼는 공포가 그것이다. 하이데거도 인간의 의식을 부조리와 분리해서 생각하지 않는다. 죽음의 의식이 중요한데, 그것은 곧 염려의 호출이다.

프란시스코 데 고야, 〈개〉, 1819~1823년경

"이때 실존은 의식을 매개로 자신을 호출한다." 죽음의 의식은 그야말로 고뇌의 목소리로서, 실존에게 '익명의 존재[17] 속에 유실된 자신을 되찾으라고' 명한다. 하이데거 또한 잠들어서는 안 되며, 목숨이 다할 때까지 깨어 있어야 한다고 믿는다. 그는 이 부조리한 세계 속에 버티고 선 채, 필멸하는 세계의 덧없는 성격을 강조한다. 그는 폐허의 한복판에서 길을 찾고 있다.

야스퍼스는 일체의 존재론에 절망하는데, 왜냐하면 그가 보기에 우리는 '천진난만한 순수성'을 잃었기 때문이다. 그는 우리가 겉모습의 치명적인 게임을 초월하는 그 어떤 것에도 이를 수 없음을 알고 있다. 그는 정신의 종착점이 실패임을 아는 것이다. 그는 역사가 보여준 여러 정신적 모험을 세밀히 탐구한 후, 각 체계의 결함, 예컨대 만물의 구세주가 된 환상, 속이 뻔히 보이는 설교를 가차 없이 비판한다. 인식의 불가능성이 증명된 이 황폐한 세계에서, 무(無)가 유일한 현실이고 구원 없는 절망이 유일한 태도인 듯한 이 황폐한 세계에서 그는 신성한 비밀에 이르는 아리아드네의 실[18]을 찾고자 한다.

셰스토프 또한 똑같은 진리를 지향하면서 가장 치밀한 체계도, 가장 보편적인 합리주의도 결국 인간 사유의 불합리에 부딪히기 마련이

---

17 '익명의 존재'는 프랑스어 'l'On anonyme'을 옮긴 것인데, 영역본에서는 'the anonymous They'로 옮겼다. 프랑스어의 'On'이 일반적인 사람들을 가리키는 부정대명사이므로, '익명의 존재'는 '우리가 자의식을 잃고 반성 없이 살아가는 상태'를 뜻하는 것으로 보인다. 이때 우리의 각성을 불러일으키는 것이 바로 죽음의 인식이다. '죽음으로 앞질러 달려가기'를 통해 우리는 불안을 느끼면서도 미래와 관습의 굴레에서 해방된, 자유롭고 본질적인 삶을 살게 된다.

라는 사실을 놀랍도록 단조로운 저술을 통해 끊임없이 증명한다. 이성을 평가절하하는 어떤 아이러니한 사실도, 어떤 하찮은 모순도 그의 시선을 피해 가지 못한다. 단 한 가지가 그의 관심을 온통 사로잡는데, 그것은 예외이다. 감정의 역사에 속하는 예외이든 정신의 역사에 속하는 예외이든 상관없다. 사형수의 도스토옙스키적인 경험[19], 니체적인 정신의 파격적인 모험, 햄릿의 저주, 입센의 쓰라린 귀족주의를 통해, 그는 인간으로서 어찌할 수 없는 대상에 대한 인간적인 반항을 추적하고 조명하며 찬양한다. 그는 이성이 언제나 옳다고 생각하지 않으며, 모든 확실성이 돌로 변한 무색무취의 사막 한복판을 향해서 결의에 찬 발걸음을 옮길 뿐이다.

이 모든 철학자 가운데 가장 매력적인 인물인 키르케고르는 적어도 일정 기간에 걸쳐 부조리의 발견보다 더 멀리 나아간다. 즉 그는 부조리를 몸소 살아낸다. "가장 확실한 침묵은 입을 다무는 게 아니라 말을 하는 것이다"라고 쓴 키르케고르는 우선 어떤 진리도 절대적인 것

---

18 '아리아드네의 실'은 난제를 해결하는 방법이나 물건을 상징한다. 그리스 신화에 나오는 아리아드네는 크레타섬의 왕 미노스의 딸로서, 미궁에 사는 괴물 미노타우로스를 죽이러 온 아테네의 왕자 테세우스를 사랑하게 된다. 그녀는 테세우스에게 붉은 실을 주었고, 테세우스는 괴물을 죽인 후 붉은 실을 따라 미궁에서 빠져나올 수 있었다.

19 1849년 12월 22일, 28세의 청년 작가 도스토옙스키는 사회주의적 반체제 독서 모임 활동으로 내란음모죄를 선고받아 사형장으로 끌려 나왔다. 사형 집행 군인들이 총을 장전하고 발사하기 직전, 황제의 전령이 와서 사형 집행을 중지시켰다. 도스토옙스키에게 내려진 사형은 황제의 시혜를 받아 4년 징역형으로 감형되었다. 이 일은 반체제 청년들에 대한 경고와 황제의 관용 과시를 위해 니콜라이 1세가 직접 꾸민 일이라고 알려져 있다.

이 아니어서 그 자체로는 무력한 실존을 만족스러운 대상으로 만들 수 없다고 확신한다. '인식의 돈 후안'인 그는 여러 가명을 사용하고 모순적 행위를 일삼으며,『교화적인 논설』을 쓰는 동시에 냉소적인 유심론 교본『유혹자의 일기』를 쓴다. 그는 일체의 위로, 도덕, 안식의 원리를 거부한다. 그는 심장에 박힌 가시의 고통을 덜고자 하지 않는다. 오히려 그는 그 고통을 생생하게 일깨우며, 십자가형을 달게 받은 자가 느끼는 절망적 환희 속에서 명증성, 거부, 희극 등 악마적 범주를 조금씩 구축해나간다. 다정한 동시에 냉소적인 이 얼굴, 영혼의 밑바닥에서 솟구치는 절규를 수반한 이 절묘한 공중제비는 자신의 힘을 능가하는 현실과 싸우는 부조리의 정신 그 자체이다. 그리하여 키르케고르를 그의 소중한 스캔들로 이끄는 정신적 모험 또한 장식 없는 원초적 모순 상태로 되돌아간 경험의 혼돈 속에서 시작되는 것이다.

또 다른 차원, 즉 방법의 차원에서 볼 때, 후설과 현상학자들은 극단적으로 세계의 다양성을 복원하고, 이성의 초월적 힘을 부정한다. 정신적 우주는 그들과 함께 측량할 수 없을 정도로 풍요로워진다. 장미 꽃잎이나 이정표 표지석 또는 인간의 손이 사랑이나 욕망 또는 중력의 법칙만큼 중요해진다. 생각한다는 것은 더 이상 통일한다는 것, 대원칙이라는 얼굴 아래 겉모습을 친숙하게 만든다는 것이 아니다. 생각한다는 것은 이제 보는 법이나 주의를 기울이는 법을 다시 배운다는 것, 의식을 지향하게 한다는 것, 프루스트식으로 개개의 관념이나 개개의 이미지를 특권적인 장소로 만든다는 것이다. 역설적으로 말해, 모든 것이 특권적이다. 사유를 정당화하는 것, 그것은 사유의 극단적 의식이다. 키르케고르의 철학이나 셰스토프의 철학보다 더 현실적인 철학을 만들기 위해, 후설은 출발점에서 이성의 고전적 방법을 부정하고 희망을 질식시키며, 비인간적인 면이 느껴질 정도로 풍요롭게 증식되는 현상을 직관과 마음에 열어 보인다. 이런 길은 모든 과학으로 통하거나, 아니면 아무런 과학으로도 통하지 않는다. 말하자면 여기서는 수단이 목적보다 더 중요하다. 문제는 '인식을 위한 태도'일 뿐, 위안이 아니다. 다시 한번 말하지만, 적어도 출발점에서는 그렇다.

어떻게 이 정신들 사이에 존재하는 깊은 혈연성을 느끼지 못하겠는가? 어떻게 그들이 더는 희망이 들어설 여지가 없는 특권적이고 쓰라린 장소 주위로 모인다는 사실을 알지 못하겠는가? 나는 모든 것이 설명되거나, 아니면 아무것도 설명되지 않기를 바란다. 이성은 그러한 마음의 함성 앞에서 무력하다. 이런 요구로 잠에서 깬 정신이 여기저기 찾아보아도, 발견되는 것은 오로지 모순과 억설뿐이다. 내가 이해할 수 없는 것은 합리적이지 않다. 세계는 이런 비합리로 가득 차 있다. 내가 그 유일한 의미를 이해하지 못하는 세계는 거대한 비합리에 지나지 않는다. 단 한 번만이라도 "그건 분명해"라고 말할 수 있다면, 세계는 구원되리라. 그러나 앞서 말한 철학자들은 앞다투어 아무것도 분명하지 않으며 모든 것이 혼돈이라고, 인간은 단지 명증성에 대한 열망과 자기를 둘러싼 벽에 대한 명확한 인식을 지니고 있을 뿐이라고 주장한다.

이 모든 경험은 서로 겹치고 일치하는 부분이 있다. 극한의 경계에 도달한 정신은 판단을 내리고 결론을 선택해야 한다. 바로 여기에 자살과 대답이 자리한다. 나는 탐구의 순서를 뒤집어 지적인 모험에서 출발하여 일상적 행위로 되돌아오고자 한다. 여기서 언급한 경험은 우리가 떠나지 말아야 할 사막에서 태동했다. 적어도 이런 경험이 어디까지 도달할 수 있는지 알아야 한다. 여기까지 노력한 결과, 인간은 비합리 앞에 서게 된다. 인간은 그의 내면에서 행복과 이성의 욕망을 느낀다. 부조리는 합리에 대한 인간의 열망과 세계의 비합리적 침묵 사이의 충돌에서 태어난다. 그 점을 잊지 말아야 한다. 거기에 꼭 매달려야 하는데, 왜냐하면 인생의 모든 결과가 거기서 태동할 수 있기 때문이다. 세계의 비합리, 인간의 열망, 둘의 대결에서 솟아나는 부조리, 이것이 바로 실존의 드라마, 즉 한 실존이 전개할 수 있는 모든 논리의 종결과 함께 필연적으로 끝나야 하는 드라마의 세 주역이다.

철학적 자살[20]

그렇다고 해서 부조리의 감정이 곧 부조리의 개념은 아니다. 부조리의 감정은 부조리의 개념에 근거를 제공할 뿐이다. 부조리의 감정이 우주에 대해 판단을 내리는 찰나가 아니라면, 부조리의 감정은 부조리의 개념으로 요약되지 않는다. 부조리의 감정은 그보다 더 멀리 나아가야 한다. 부조리의 감정은 생생하게 살아 있는 것이다. 이를테면 죽거나 더 깊은 반향을 일으켜야 한다. 우리가 여기에 모아둔 주제들 또한 마찬가지이다. 그러나 이 경우에도 나의 관심을 끄는 것은 작품들이나 정신들[21] 자체가 아니라 그들이 내리는 결론에서 공통점을 발견하는 일이다. 이 작품들과 정신들을 정치하게 비평하는 일은 또 다

---

20 여기서 말하는 '철학적 자살'은 인간이 철학적 사유 끝에 '육체적 자살'에 이른다는 뜻이 아니라, 실존철학자들이 궁극적으로 초월적 존재를 설정함으로써 철학적으로 부조리를 회피한다는 뜻임에 유의해야 한다.

21 이 장에서 말하는 '정신'(esprit)은 대개 카뮈가 '철학적 자살'이라는 주제와 관련하여 거론하는 철학자들, 예컨대 야스퍼스, 셰스토프, 키르케고르, 후설 등을 가리킨다.

른 형식과 장소를 요구할 터이므로 생략하기로 하자. 아마도 이제까지 정신들이 이토록 서로 달랐던 적은 결코 없었으리라. 그러나 우리는 그들을 동요하게 만드는 전반적 풍경이 동일함을 알아볼 수 있다. 또한 이처럼 서로 다른 인식을 거쳤음에도 그들의 여정을 마무리하는 절규는 똑같은 방식으로 메아리친다. 우리가 앞서 언급한 철학적 정신들에는 공통된 풍토가 깔려 있음을 느낄 수 있다. 이 풍토를 살인적이라 규정해도 단순한 말장난이라고 할 수는 없을 것이다. 이런 숨 막히는 하늘 아래에서 살아가려면 어찌하겠는가. 거기서 빠져나오든가 거기에 머물든가 양자택일할 수밖에 없다. 문제는 전자의 경우 어떻게 거기서 빠져나올지를, 후자의 경우 왜 거기에 머물러야 하는지를 아는 일이다. 나는 자살의 문제 및 실존철학의 결론에 대한 우리의 관심을 이런 식으로 이해하고 있다.

본론에서 잠시 벗어나보자. 지금까지 우리는 외부를 통해 부조리의 경계를 설정해왔다. 그렇지만 우리는 부조리의 개념 안에 내포된 것이 정확히 무엇인지 자문하고, 직접적인 분석을 통해 한편으로는 그 개념의 의미를, 다른 한편으로는 그 개념이 이끌어내는 결론을 탐색할 수 있다.

만약 내가 무고한 사람을 흉악범으로 고발하거나 도덕적인 사람에게 자기 누이를 탐냈다는 혐의를 뒤집어씌운다면, 그는 내게 그것이 부조리하다고 항변하리라. 이런 분노에는 희극적인 일면이 있지만 한편으로는 심각한 이유가 있다. 도덕적인 사람은 그 항변으로써 내가 그에게 뒤집어씌운 행동과 그가 평생 지켜온 원칙 사이에 존재하는 결정적인 모순을 적시한다. "그것은 부조리하다"라는 말은 "그것은 있

을 수 없는 일이다"라는 뜻일 뿐 아니라 "그것은 모순적이다"라는 뜻
이다. 만약 어떤 사람이 단신으로 칼을 뽑아 들고 기관총 부대를 공격
하는 모습을 본다면, 나는 그의 행동이 부조리하다고 판단할 것이다.
오직 그의 의도와 그를 기다리는 현실 사이에 존재하는 불균형, 그의
실제 힘과 그가 의도한 목적 사이의 모순만이 그러한 판단의 근거를
이룬다. 마찬가지로 어떤 판결이 동일한 사건에 내려질 만한 판결과
반대될 때, 우리는 그 판결을 부조리하다고 평가할 것이다. 또한 부조
리에 의한 증명은 우리가 정립하려는 논리적 현실과 해당 추론의 결
과를 비교함으로써 이루어진다. 가장 단순한 것에서 가장 복잡한 것
까지, 모든 경우에 내가 비교하려는 두 항 사이의 간격이 크면 클수록
부조리도 더욱더 커질 것이다. 예컨대 부조리한 결혼, 부조리한 도전,
부조리한 원한, 부조리한 침묵, 부조리한 전쟁, 부조리한 평화가 있다.
어떤 경우에도 부조리는 두 항의 비교에서 태동한다. 그러므로 내가
부조리의 감정은 단순히 하나의 사실이나 인상을 검토함으로써 생기
는 게 아니라, 기성 질서와 특정 현실 사이의 비교, 하나의 행동과 그
것을 초월하는 세계 사이의 비교에서 생긴다고 말하는 데는 타당한
근거가 있다. 부조리는 본질적으로 이혼, 즉 절연이다. 그것은 서로 비
교되는 두 항의 이쪽에도 저쪽에도 존재하지 않는다. 부조리는 두 항
의 대결에서 태어난다.

지성의 차원에서 볼 때, (이런 은유가 의미를 지닐 수 있다면) 부조리
는 인간에도 세계에도 존재하지 않으며, 그 둘의 공존 상태에 존재한
다고 말할 수 있다. 지금으로서는 부조리가 인간과 세계를 묶어주는
유일한 끈이다. 명백한 사실에 국한해서 말하자면, 나는 인간이 무엇

을 원하는지 알고, 세계가 인간에게 무엇을 제공하는지 알며, 인간과 세계를 결합해주는 것이 무엇인지 안다고 말할 수 있다. 나로서는 더 깊이 파고들어갈 필요가 없다. 연구자에게는 단 하나의 확실성만으로 충분하다. 다만 문제는 거기서 온갖 결과를 끌어내는 데 있다.

거기서 즉각적으로 도출되는 결과는 하나의 방법적 규칙이다. 즉 그렇게 밝혀지는 독특한 삼위일체[22]는 갑자기 발견된 아메리카 대륙과는 아무런 공통점이 없다. 오히려 무한히 단순하면서도 무한히 복잡하다는 면에서 이런저런 경험의 여건을 연상시킨다. 요컨대 삼위일체의 으뜸가는 특징은 그것이 분리될 수 없다는 데 있다. 세 항 중 하나를 파괴한다는 것은 삼위일체 전체를 파괴하는 일이다. 인간 정신의 바깥에서는 부조리가 존재할 수 없다. 그렇기에 부조리는 세상 만물처럼 인간의 죽음과 더불어 끝난다. 또한 세계의 바깥에서도 부조리는 존재할 수 없다. 내가 부조리의 개념이 본질적인 개념이며 나의 진리 가운데 으뜸가는 진리라고 판단하는 이유는 바로 이런 기본적인 사실 때문이다. 앞서 말한 방법적 규칙이 여기서 나타난다. 만일 내가 어떤 것이 진실이라고 판단한다면, 나는 그것을 끝까지 보존해야 한다. 만일 내가 어떤 문제의 해결책을 구하려 한다면, 문제를 손쉽게 해결하기 위해 문제를 구성하는 항목 가운데 하나라도 감추어서는 안 된다. 내 삶의 유일한 여건은 부조리이다. 문제는 어떻게 부조리에서 벗어날 수 있는지를, 부조리는 자살로 귀결되어야 하는지를 아는 데

---

22 여기서 말하는 삼위일체의 세 항은 '인간', '세계', '부조리'를 가리키는 듯하다. 카뮈는 인간과 세계 사이에서 부조리가 태동함을 끊임없이 강조하고 있다.

있다. 내 탐구의 첫 번째 조건이자 사실상 유일한 조건은 나를 짓뭉개는 그것 자체를 고스란히 보존하는 일, 그리하여 그 속에서 내가 본질적이라고 판단하는 부분을 숨김없이 존중하는 일이다. 나는 방금 그것을 휴식 없는 대결과 투쟁으로 정의한 바 있다.

　이 부조리의 논리를 끝까지 밀고 나가면서, 나는 이 투쟁이 (절망과는 아무런 관련이 없는) 희망의 전적인 부재를, (포기와 혼동하지 말아야 할) 지속적인 거부를, (청소년기의 불안과 동일시할 수 없는) 의식적인 불만족을 전제로 한다는 사실을 인식하지 않을 수 없다. 이런 요구를 파괴하거나 감추거나 회피하는 모든 행위, (그중에 첫 번째가 두 항 사이의 이혼, 즉 단절을 파괴하는 동의[23]일 텐데) 어쨌든 그 모든 행위는 부조리를 없애버리고, 부조리에 대처하기 위해 우리가 제시할 수 있는 태도를 평가절하하는 결과에 이를 것이다. 부조리는 오직 우리가 그것에 동의하지 않을 때만 의미를 지닌다.

　지극히 도덕적으로 보이는 한 가지 명백한 사실이 있는데, 그것은 인간이 언제나 자기 진리의 먹이가 된다는 점이다. 인간은 진리를 한번 인식하고 나면 거기서 빠져나올 수 없다. 얼마간 대가를 치러야 하

23　카뮈가 말하는 부조리에 대한 동의는 삶의 조건으로서의 부조리를 반항 없이 받아들이는 행위를 뜻한다. 이런 면에서 그것은 체념과 유사하다고 볼 수 있다. 카뮈는 부조리에 맞서 반항하기를 요구했는데, 반항의 개념은 그의 또 다른 철학적 시론 『반항인』(*L'Homme révolté*)에서 자세히 설명된다.

조지 프레더릭 와츠, 〈희망〉, 1886년

는 것이다. 부조리를 의식하게 된 인간은 영원히 거기에 묶인다. 희망 없는 인간, 희망 없음을 의식하는 인간은 더 이상 미래의 소유물이 아니다. 그것은 당연한 일이다. 하지만 그가 자신이 창조한 우주에서 빠져나오려고 애쓰는 것 또한 당연한 일이다. 지금까지 설명한 모든 것은 이러한 역설을 고려할 때 비로소 의미를 지닌다. 그런 면에서, 합리주의에 대한 비판에서 출발해 부조리의 풍토를 인식하게 된 사람들이 그들의 결론을 밀고 나간 방식을 검토하는 것보다 더 유익한 일은 없으리라.

실존철학에 국한해서 살펴보면, 나에게는 모두가 예외 없이 도피를 제안하는 것처럼 보인다. 인간에게 제한되고 폐쇄된 우주에서, 이성의 잿더미 위에 선 부조리로부터 출발한 그들은 기이한 논리로 자신을 짓누르는 것을 신성화하고, 자신을 억압하는 것에서 희망의 이유를 발견한다. 이 강요된 희망은 누구에게서나 종교적 본질을 띠는데, 이 점에 주목할 필요가 있다.

여기서는 그 예로 셰스토프와 키르케고르의 특유한 주제 몇 가지를 분석하는 데 그치고자 한다. 그런데 야스퍼스는 희화에 이를 정도로 이런 태도의 전형적인 예를 보여준다. 문제를 분명히 하기 위해 야스퍼스도 검토하는 게 좋을 듯하다. 그는 초월성을 구현할 힘도 없고, 경험의 깊이를 헤아릴 능력도 없으며, 단지 실패로 전복된 이 우주를 의식하고 있을 뿐이다. 그는 앞으로 나아갈 것인가, 아니면 적어도 이 실패에서 결론을 끌어낼 것인가? 그는 새로운 것을 가져오지 못했다. 그는 자신의 경험 속에서 무력함의 고백 외에는 아무것도 찾아내지 못했고, 모종의 만족스러운 원리를 추론할 어떤 실마리도 발견하지 못했다. 그럼에도 그는 스스로 인정하듯 정당화의 과정도 없이, 단번에 초월적인 존재와 삶의 초인적인 의미를 긍정하며 이렇게 쓴다. "실패는 일체의 설명과 해석을 넘어 무(無)가 아닌 초월적 존재를 보여주는 것이 아닐까." 인간적 믿음이라는 맹목적 행위에 근거해서 별안간 모든 것을 설명하는 이 초월적인 존재, 그는 그것을 "일반성과 개별성의 상상할 수 없는 통일"로 정의한다. 그리하여 부조리는 (그 말의 가장 넓은 의미에서) 신이 되고, 이해 불능의 존재가 세상 만물을 밝혀주는 존재가 된다. 논리적 차원에서 이런 추론은 성립할 수 없다. 나는 그것을 비약이라고 부를 수밖에 없다. 역설적으로, 우리는 초월적 경험을 실현 불가능한 것으로 만들려는 야스퍼스의 고집과 무한한 인내를 이해할 수 있다. 왜냐하면 추정이 힘들수록 정의(定義)는 더욱 무용해지고, 초월적 존재는 더욱 실감 나게 다가오기 때문이다. 또한 초월적 존재를 긍정하려는 열정은 야스퍼스의 설명 능력과 세계의 비합리성 사이에 존재하는 간격에 정비례하기 때문이다. 야스퍼스는 급진적 방식으로 세계를 설명하려고 하는 만큼 더욱더 이성의 예단을 파괴하는 데 열중하는 것처럼 보인다. 이 굴욕적인 사상의 사도는 굴욕의 극단에 이르러 존재를 근본적으로 쇄신할 수단을 찾아낼 것이다.

신비 사상은 우리를 이런 추론 방식에 익숙하게 만들었다. 이런 추론 방식은 여느 정신적 태도와 마찬가지로 부당하지 않다. 그러나 지금 나는 어떤 문제를 심각하게 다룰 때처럼 행동하고 있다. 그러한 태도의 일반적 가치와 교육적 힘을 속단하지 않고, 단지 그것이 내가 마련한 조건에 부합하는지, 나의 관심을 끄는 갈등에 알맞은지를 생각해보고자 한다. 그리하여 나는 셰스토프에게로 되돌아간다. 한 논평가가 남긴 말이 내게는 흥미롭기 그지없다. "단 하나의 진정한 해결책은 인간의 판단으로 구할 해결책이 없다는 바로 그 지점에 있다. 그렇지 않다면 왜 우리에게 신이 필요하겠는가? 우리는 오직 불가능한 것을 얻기 위해서만 신에게로 간다. 가능한 것이라면 인간으로 충분하다." 만일 셰스토프적 철학이 있다면, 그것은 전적으로 이렇게 요약할 수 있으리라. 왜냐하면 열정적인 분석의 끝에 이르러 모든 실존의 근원적인 부조리성을 발견하자, 셰스토프는 "여기에 부조리가 있다"라고 말하는 게 아니라 "여기에 신이 있다. 신이 우리의 합리적 범주에 일치하지 않을지라도 신에게 의지하는 게 옳다"라고 말하기 때문이다. 심지어 이 러시아 철학자는 혼동이 생기지 않도록, 그 신이 어쩌면 혐오스럽고 모순적이며 이해할 수 없는 존재일지도 모르지만, 신의 얼굴이 더없이 추악하다면 그 신이 더없이 강력한 신이라는 증거라고 암시하기까지 한다. 신의 위대함은 신의 모순에 있고, 신의 증거는 신의 비인간성에 있는 것이다. 우리는 신의 품으로 뛰어들어야 하고, 이런 비약을 통해 이성의 환상에서 벗어나야 한다. 이처럼 셰스토프의 경우, 부조리의 수용은 부조리의 인식과 동시에 일어난다. 부조리를 확인하는 것은 곧 부조리를 수용하는 것이며, 그의 논리적 노력은 부조리를 백일하에 드러냄으로써 부조리가 불러일으키는 거대한 희망을 단숨에 분출시키는 데 있다. 다시 한번 말하지만, 이런 태도는 부당하지 않다. 그러나 나는 여기서 단 하나의 문제와 거기서 도출되는 모든 결과만을 검토할 것을 고집한다. 여기서 내가 신념에 찬 사상이나 행동이 얼마나 비장한지를 살펴볼 필요는 없다. 앞으로 그럴 시간은 얼마든지 있다. 합리주의자라면 누구나 셰스토프의 태도를 불쾌하게 여기리라는 사실을 나는 안다. 합리주의자가 아니라 셰스토프가 옳다는 게 느껴지지만, 그가 부조리의 명령에 충실한지를 나는 확인하고 싶다.

부조리가 희망의 반대라는 사실을 인정할 때, 우리는 셰스토프의 실존 사상이 부조리를 전제로 하지만 오직 부조리를 청산하기 위해 부조리를 증명하고 있음을 알게 된다. 이런 교묘한 사상은 곡예사의 비장한 재주를 방불케 한다. 한편 셰스토프는 부조리를 도덕과 이성에 대립시키며 그 부조리를 진리와 속죄라고 부른다. 부조리에 대한 이런 정의의 저변에는 셰스토프가 부조리에 표하는 동의가 자리하고 있다. 만일 부조리 개념의 모든 힘이 부조리가 우리의 기본적인 희망과 충돌하는 방식에 있음을 인정한다면, 만일 부조리의 존속 조건이 우리가 부조리에 결코 동의하지 않는 데 있음을 감지할 수 있다면, 셰스토프의 경우 부조리가 그 참다운 얼굴, 그 인간적이고 상대적인 성격을 잃어버리고 불가해한 동시에 만족스러운 영원성의 세계로 들어가버렸음을 우리는 알게 된다. 부조리가 존재한다면, 그것은 인간의 세계 속에 존재한다. 부조리 개념이 영원성의 발판으로 변하는 순간, 그것은 인간의 명증성과 아무런 상관이 없어진다. 이런 부조리는 인간이 거기에 동의하지 않으면서 확실히 인식하는 명백한 사실이 더 이상 아니다. 투쟁이 기피되고 있다. 인간은 부조리를 받아들이고, 그 일치 속에서 대립, 분리, 단절이라는 부조리의 본질적 성격을 소멸시킨다. 이런 비약은 하나의 회피이다. "시간이 뒤틀렸도다"라는 햄릿의 말을 즐거이 인용하는 셰스토프는 특히 그 표현을 부조리에 악착스러운 희망을 부여하기 위해 쓴다. 하지만 햄릿이 그렇게 말하고 셰익스피어가 그렇게 쓴 의도는 셰스토프의 의도와는 사뭇 다르다. 어쨌든 비합리의 취기와 법열의 소명이 명철한 정신을 부조리에서 이탈시킨다. 셰스토프에게 이성은 헛된 것이나, 이성 너머에는 무엇인가가 있다. 부조리 정신에게 이성은 헛된 것이고, 이성 너머에는 아무것도 없다.

셰스토프의 비약은 역설적으로 부조리의 진정한 특성을 더 잘 이해하게 해준다. 우리는 부조리가 두 항의 균형 속에서만 가치를 지닌다는 사실, 무엇보다 두 항의 어느 한쪽이 아니라 두 항의 비교 자체에 부조리가 존재한다는 사실을 알고 있다. 그러나 셰스토프는 그 두 항 중의 하나에 모든 무게를 실음으로써 균형을 깨뜨린다. 우리의 이해에 대한 욕망, 절대에 대한 동경은 우리가 많은 것을 이해하고 설명할 수 있을 때만 정히 납득할 수 있는 것이 된다. 이성을 절대적으로 부정하는 것은 헛된 일이다. 이성이 효력을 발휘하는 고유한 영역이 있다. 그것은 바로 인간 경험의 영역이다. 이런 까닭에 우리는 모든 것을 명쾌히 이해하고 설명하고자 한다. 만일 우리가 그렇게 할 수 없다면, 만일 이때 부조리가 태동한다면, 그것은 이 효율적이나 한계 지어진 이성과 언제나 되살아나는 비합리의 충돌 때문이다. 그렇지만 셰스토프는 "태양계의 운행은 불변의 법칙에 따라 이루어지며, 이 불변의 법칙이 바로 태양계의 이성이다"라는 헤겔의 명제에 반감을 느낄 때, 또는 스피노자의 합리주의를 해체하고 싶은 열정에 휩싸일 때 모든 이성이 공허하다고 결론짓는다. 그 결과 자연스러우나 근거 없는 반동으로 비합리의 우월성을 주장하기에 이른다.[24] 그러나 셰스토프의 이행 과정이 명쾌하게 이해되지는 않는다. 여기에는 한계의 개념과 차원의 개념이 개입될 수 있기 때문이다. 자연의 법칙은 일정한 한계까지는 유효하지만, 그 한계를 넘어서면 자기 자신을 거스르며 부조리를 탄생시킨다. 또는 자연의 법칙이 묘사의 차원에서는 정당화될 수 있어도 설명의 차원에서는 참이 될 수 없는 경우도 있다. 셰스토프의 사상에서는 모든 것이 비합리에 희생되고, 명증성의 요구가 교묘히 묵살되며, 부조리는 비교의 두 항 중 하나와 더불어 사라져버린다. 이와 반대로, 부조리 인간[25]은 지평의 요철을 없애 평탄하게 만들려는 이러한 작업을 시도하지 않는다. 그는 투쟁을 인정하고, 이성을 절대적으로 경멸하지는 않으며, 비합리를 받아들인다. 이처럼 그는 경험의 모든 여건을 두루 살피고 문제를 알기도 전에 비약하려 하지 않는다. 다만 그는 이 주의 깊은 의식 속에 더 이상 희망이 들어설 자리가 없다는 사실을 알고 있을 뿐이다.

레프 셰스토프의 세계에서 감지되는 것이 어쩌면 키르케고르의 세계에서는 한층 더 강하게 감지될 것이다. 물론 키르케고르처럼 파악하기 어려운 사상가에게서 분명한 명제를 가려내기는 어렵다. 그러나 일견 서로 반대되는 듯한 글에도 불구하고, 가명과 장난과 미소 너머로 우리는 그의 모든 작품에서 (진리에 대한 공포와 더불어) 진리의 예감 같은 것을 느낄 수 있다. 그 진리는 마지막 저작들에서 터져 나오듯 드러난다. 즉 키르케고르 역시 비약을 감행하는 것이다. 그는 어린

---

24 특히 예외의 개념과 관련지어, 그리고 아리스토텔레스에 반대하여. [원주]
25 카뮈가 말하는 '부조리 인간'(l'homme absurde)은 '부조리를 의식하는 인간', 즉 '부조리를 끊임없이 의식하면서 늘 깨어 있는 인간'을 가리킨다.

시절에 그토록 두려워했던 기독교의 가장 가혹한 얼굴로 되돌아간다. 그에게도 모순과 역설이 종교의 근거가 된다. 그리하여 삶의 의미와 깊이에 대해 그를 절망하게 했던 바로 그것이 이제 그에게 진리와 빛을 던진다. 기독교는 하나의 스캔들인바, 키르케고르가 분명히 요구하는 것은 이냐시오 데 로욜라[26]가 요청했던 세 번째 희생, 즉 신이 가장 기뻐하는 '지성의 희생'이다.[27] '비약'이 초래한 이러한 결과는 이상하기는 하지만 더 이상 놀랍지는 않다. 이 세상 경험의 잔재인 부조리가 바야흐로 내세의 근거가 되었다. 키르케고르는 이렇게 말한다. "신앙인은 자신의 실패 속에서 자신의 승리를 발견한다."

이런 태도가 어떤 감동적인 설교로 통하는지를 생각할 필요는 없으리라. 다만 부조리의 풍경과 그 고유한 성격이 이런 태도를 정당화할 수 있는지를 생각해야 한다. 내가 아는 한 그럴 수는 없다. 부조리의 내용을 다시 살펴보면, 우리는 키르케고르에게 영감을 준 방법론을 더 잘 이해하게 된다. 그는 세계의 비합리와 부조리의 반항적 열망 사이의 균형을 유지하지 못한다. 엄밀한 의미에서 그는 부조리의 감정을 자아내는 양자의 관계를 존중하지 않는 것이다. 비합리를 피할

---

26 이냐시오 데 로욜라(Ignacio de Loyola, 1491-1556). 방대한 지식으로 유명한 스페인의 사제이자 신학자로서 예수회를 설립했다.

27 여기서 내가 신앙이라는 본질적 문제를 소홀히 다룬다고 생각하는 이들이 있으리라. 그러나 나는 여기서 키르케고르의 철학, 셰스토프의 철학, 잠시 후에 만날 후설의 철학을 탐구하는 것이 아니다. (그러자면 또 다른 장소와 정신적 태도가 필요할 것이다.) 단지 나는 그들에게서 하나의 공통 주제를 빌려, 그들의 결론이 내가 세운 규칙에 부합하는지를 살피고 있다. 내게 중요한 것은 고집스러운 열정이다. [원주]

수 없음을 확신한 그는 적어도 비생산적이고 실현 불가능해 보이는 그 절망적 열망에서 벗어나고자 한다. 그러나 이 점에 대한 그의 판단은 옳을지 몰라도, 그의 부정이 옳다고는 할 수 없다. 그가 반항의 외침을 열광적인 동의로 대체할 때, 바야흐로 그는 지금까지 자기 인식을 비추던 부조리를 무시하고 앞으로 자신이 가지게 될 유일한 확신, 즉 비합리를 신격화하기에 이른다. 갈리아니 신부가 데피네 부인에게 말했듯이,[28] 중요한 것은 질병을 치유하는 게 아니라 질병과 함께 사는 것이다. 그러나 키르케고르는 질병을 치유하고자 한다. 치유야말로 그의 열광적 소원, 그의 일기 전편에 흐르는 소원이다. 그의 지성적 노력은 모두 인간 조건의 이율배반에서 빠져나오기 위한 것이다. 그것은 그가 불현듯 그 무용성을 깨닫게 되는 만큼 더욱더 절망적인 노력이다. 예컨대 그가 신에 대한 공포로도 신앙심으로도 평화를 얻을 수 없다는 듯 이야기할 때 그러한 무용성이 섬광처럼 떠오른다. 이처럼 그는 고통스럽고 교묘한 책략으로 비합리에 얼굴을 부여하고, 그의 신에게 부조리의 속성들, 즉 불의, 자가당착, 불가해성을 부여한다. 오직 그의 지성만이 인간 마음 깊은 곳의 요구를 잠재우려고 애쓴다. 아무것도 증명된 게 없는 이상, 모든 것이 증명될 수 있는 것이다.

키르케고르가 걸어간 길을 우리에게 보여주는 이는 다름 아닌 키르케고르 자신이다. 나는 여기서 아무것도 암시하고 싶지 않지만, 어

---

28 갈리아니 신부(l'abbé Galiani)와 데피네 부인(Madame d'Epinay)은 1769년부터 1770년까지 2년에 걸쳐 서신을 교환했는데, 이때 교환된 편지들은 계몽시대의 살롱 문화를 잘 보여준다.

떻게 그의 저술에서 부조리에 대한 위해를 찬성하는 동시에 자신의 영혼을 자해하려는 징조를 읽어내지 않을 수 있겠는가? 그것이 바로 『일기』의 중심 주제이다. "내게 부족한 것은 그 또한 인간 운명의 일부인 짐승이거늘… 그러니 내게 육체를 달라." 좀 더 뒤로 가면 이런 말도 나온다. "아아! 특히 새파랗게 젊던 시절에, 단 여섯 달만이라도 인간이 될 수 있다면 무엇인들 하지 못했을까… 사실상 내게 부족한 것은 육체요, 실존의 육체적 조건이로다." 그렇지만 또 다른 대목에서, 그는 수많은 세기를 관통하고 부조리 인간을 제외한 수많은 가슴을 설레게 한 거대한 희망의 외침을 쏟아낸다. "기독교인에게 죽음은 결코 모든 것의 종말이 아니다. 죽음은 건강과 활력이 넘치는 삶이 우리에게 뜻하는 희망보다 무한히 더 큰 희망을 뜻한다." 절망으로 이루어진 화해도 결국 화해이다. 보다시피 이 화해는 아마도 희망을 그 반대항인 죽음에서 끌어내는 듯 보인다. 그러나 설사 이런 태도가 공감에서 비롯되었다 해도, 과도함은 아무것도 정당화하지 못한다고 말하지 않을 수 없다. 흔히 이렇게 말한다. 그건 인간의 척도를 넘어서는 거야, 그러므로 그건 초인적인 현상일 수밖에 없어. 하지만 이 '그러므로'라는 표현은 과도하다. 여기에는 논리적 확실성이 없다. 또한 실험적 개연성도 없다. 내가 말할 수 있는 것은 그것이 나의 척도를 넘어선다는 사실뿐이다. 이런 사실로부터 부정적인 결론을 끌어내지는 않을지라도, 나는 불가해한 현상에 바탕해서 무엇인가를 주장하고 싶지는 않다. 나는 내가 알고 있는 것, 오직 그것만을 가지고 살 수 있는지 알고 싶다. 사람들은 내게 여기서는 지성이 오만을 부리지 않아야 한다고, 이성이 뒤로 물러나야 한다고 말한다. 나는 이성의 한계를 인정하지만 이성을 부정하지는 않으며, 이성의 상대적 힘을 인식하고 있다. 나는 다만 지성의 명증성을 유지할 수 있는 중간적인 길에 서 있고자 한다. 이것이 오만이라 할지라도, 나는 그것을 포기해야 할 이유를 알지 못한다. 예컨대 절망은 하나의 사실이 아니라 하나의 상태, 즉 죄의 상태라고 한 키르케고르의 시각보다 심오한 것은 아무것도 없다. 왜냐하면 죄란 신에게서 멀어지는 길이기 때문이다. 의식이 깨어 있는 인간의 형이상학적 상태인 부조리는 신에게로 통하지 않는다.[29] 어쩌면 내가 다음과 같은 거창한 명제를 감히 제시하면 이 개념이 좀 더 분명해질까. "부조리, 그것은 신 없는 세계의 죄이다."

문제는 부조리의 상태, 그 안에서 살아가는 일이다. 나는 부조리가 무엇에 근거를 두고 있는지를 알고 있다. 이 정신과 이 세계는 서로를 조화롭게 포옹하는 것이 아니라, 마치 힘을 겨루듯 서로를 밀어내며 받쳐주고 있다. 나는 이 상태에서 삶의 규칙이 무엇인지를 묻지만, 사람들은 부조리의 근거를 무시하며 고통스러운 대립의 두 항 중 하나를 부정하고 내게 포기를 명한다. 나는 나의 조건일 수밖에 없는 이 조건이 초래할 결과가 무엇인지를 묻고 있으며, 이미 그 조건 안에 어둠과 무지가 함축되어 있음을 알고 있다. 그러나 사람들은 그 무지가 모든 걸 설명하며, 그 어둠이 나의 빛이라고 단언한다. 그들은 내 물음에 답하지 않고 있다. 하지만 그들의 서정이 아무리 열광적이라 해도 내 눈에 그 역설을 감출 수는 없다. 그러므로 나는 몸을 돌려 방향

---

29 나는 '신을 배제한다'라고 말하지 않았다. 그것 또한 신을 긍정하는 표현이기 때문이다. [원주]

을 바꾸지 않으면 안 된다. 키르케고르가 이렇게 외치며 경고할 수도 있으리라. "만일 인간에게 영원한 의식이라는 것이 없다면, 만일 만물의 근저에 있는 게 컴컴한 정념의 소용돌이 속에서 거창한 것과 하찮은 것, 즉 만물을 창조하는 격렬하고 야생적인 에너지뿐이라면, 만일 무엇으로도 채울 수 없는 바닥없는 공허가 만물 아래 감춰져 있다면, 도대체 우리의 삶이란 절망 외에 무엇이겠는가?" 그렇지만 이 외침이 부조리 인간의 발걸음을 멈추게 할 수는 없다. 무엇이 진실인가를 찾는 것은 무엇이 바람직한가를 찾는 것이 아니다. 만일 "도대체 인생이란 무엇인가?"라는 괴로운 질문에서 벗어나기 위해 당나귀처럼 환상의 장미를 먹어야 할 처지라면,[30] 부조리 인간은 체념하고 거짓을 받아들이기보다 차라리 두려움 없이 키르케고르의 반응, 즉 '절망'을 선택할 것이다. 모든 사정을 고려할 때, 단호한 영혼은 언제나 난관을 뚫고 앞으로 나가기 마련이다.

나는 여기서 이른바 실존 사상을 감히 철학적 자살이라고 부르고자 한다. 그러나 이 명명에는 비판적 함의가 없다. 이는 한 사상이 자신을 부정하고, 그 부정으로 자신을 초월하려는 행위를 가리키는 편

---

30   고대 로마 작가 아풀레이우스(Lucius Apuleius)가 쓴 『황금 당나귀』의 주인공 루키우스의 처지를 가리키는 듯하다. 실수로 마법에 걸려 당나귀로 변한 루키우스가 다시 인간이 되려면 장미꽃을 먹어야 했다.

리한 방법일 뿐이다. 실존 사상가들에게는 부정이 그들의 신이다. 정확히 말하자면 이 신은 인간 이성의 부정을 통해서만 존립한다.[31] 그러나 자살과 마찬가지로 신도 사람에 따라 달라진다. 핵심은 비약이지만 비약에도 여러 방법이 있다. 구원이 수반하는 그 부정, 말하자면 아직 뛰어넘지 않은 눈앞의 장애물을 미리 부정하는 그 최종적 모순은 (이것이 바로 이 추론이 겨냥하는 역설인데) 종교적 영감에서 태동할 수도 있고 이성적 범주에서 태동할 수도 있다. 그 사상은 언제나 영원성을 갈망하거니와, 바로 그 지점에서 비약이 일어난다.

다시 한번 말하자면, 이 시론이 전개하는 추론은 과학적인 금세기에 가장 널리 퍼져 있는 정신적 태도, 즉 만물이 곧 이성이라는 원칙에 따라 세계를 설명하려는 정신적 태도를 아예 논외로 두고 있다. 세계가 명징해야 한다는 사실을 받아들일 때, 세계에 대한 명징한 시각을 제시하려는 노력은 당연한 것이다. 그것은 심지어 정당한 것이지만, 그럼에도 우리가 여기서 전개하는 추론과는 본질적인 관련성이 없다. 실제로 이 추론의 목적은 세계의 무의미성을 밝히는 철학에서 출발하여 세계에서 하나의 의미와 깊이를 발견하기에 이르는 정신의 발전 과정을 밝히는 데 있다. 그 과정 가운데 가장 비장한 것은 종교적 본질을 지니며, 이는 비합리라는 주제와 함께 뚜렷이 드러난다. 그러나 가장 역설적이고 의미심장한 것은 애초에 근본 원리가 없다고 상상한 세계에 정치한 논리적 이유를 부여하는 바로 그 정신의 발전

---

31 다시 한번 분명히 짚어두자. 여기서 문제가 되는 것은 신의 존재에 대한 긍정이 아니라 거기까지 이르는 논리이다. [원주]

과정이다. 어쨌든 우리는 향수와 동경으로 가득 찬 인간 정신이 새롭게 거둔 결실이 무엇인지 가늠해보지 않고서는 흥미로운 결론에 도달하지 못할 것 같다.

여기서 나는 단지 후설과 현상학자들이 유행시킨 '지향'이라는 주제만을 살펴보고자 한다. 이 주제는 이미 앞에서 암시한 바 있다. 근원적으로 후설은 이성의 고전적 추론 방식을 부정한다. 한 번 더 되풀이하자. 사유한다는 것은 통일한다는 것이 아니며, 각각의 외관을 대원칙이라는 얼굴 아래 친숙하게 만든다는 것이 아니다. 사유한다는 것은 만물을 보는 법을 다시 배운다는 것이고, 자신의 의식을 지향하게 한다는 것이며, 각각의 이미지를 특권적인 장소로 만든다는 것이다. 달리 말하자면, 현상학은 세계를 설명하려 하지 않으며 경험을 묘사하는 데 그친다. 현상학은 불변의 진리가 아니라 여러 진리가 존재할 뿐이라는 원초적 주장에서 부조리 사상과 맞닿는다. 저녁의 바람결부터 내 어깨 위에 놓인 이 손까지, 각각의 사물은 자신의 진리를 가진다. 주의를 기울임으로써 개개의 사물을 밝히는 것이 바로 의식이다. 의식은 대상에 형태를 부여하는 것이 아니라 대상을 주시할 뿐이다. 즉 의식은 주의를 기울이는 행위로서, 베르그송의 비유를 빌리자면 별안간 하나의 영상에 고정되는 영사기와 같은 것이다. 차이가있다면 시나리오에 따라 영상이 나타나는 게 아니라 밑도 끝도 없는영상이 연속적으로 나타난다는 점이다. 이 환등기를 통과하는 영상은모두 특권적이다. 의식은 주의를 기울인 대상을 경험 속으로 던진다.의식은 기적을 행하듯 그 대상을 격리하는 것이다. 그때부터 대상은일체의 판단이 중지된 상태에 놓인다. 의식을 특징짓는 것은 바로 이

'지향'이다. 그러나 이 말에는 어떤 궁극적 목적성도 내포되어 있지 않다. 이 말은 단순히 '방향'의 의미, 다시 말해 지형학적 가치만을 지닐 뿐이다.

그렇기에 일견 현상학은 부조리 정신과 모순되는 부분이 없어 보인다. 대상의 설명을 삼가고 묘사하는 데 그치는 사유의 표면적 겸손 및 역설적으로 경험의 깊이 있는 풍요와 다채로운 세계의 부활을 야기하는 의도적인 규율, 그것이 바로 부조리 정신의 방법론이다. 적어도 언뜻 보면 그렇다. 왜냐하면 여느 경우처럼 여기서도 사유의 방법은 언제나 두 양상, 즉 심리학적 양상과 형이상학적 양상을 띠기 때문이다.[32] 그렇게 볼 때 사유의 방법은 두 가지 진리를 은닉하고 있는 셈이다. 만일 지향성이라는 주제가 현실을 설명하는 게 아니라 철저히 고찰하는 심리학적 태도만을 가리킨다면, 사실상 그 주제를 부조리 정신으로부터 분리하는 것은 아무것도 없다. 현상학적 지향성은 대상을 초월할 수 없기에 대상을 열거하고자 한다. 그것은 통일성의 원리가 부재하는 가운데, 사유가 경험의 얼굴을 하나하나 묘사하고 이해하는 데서 즐거움을 찾을 수 있다는 사실을 긍정할 뿐이다. 여기서 경험의 각 얼굴마다 문제가 되는 진리는 심리학적 차원에 속한다. 이 진리는 현실이 자극할 수 있는 '흥미'를 입증하는 데 그친다. 그것은 졸고 있는 세계를 깨우고, 그것이 정신 속에 살아 있게 만드는 방법이다. 그러나 만일 사람들이 이 진리의 개념을 확대하고 합리적 근거를 제시

---

32 가장 엄밀한 인식론조차 형이상학을 전제한다. 이런 면에서 대다수 현대 사상가의 형이상학은 오직 인식론의 정립을 목표로 하는 것처럼 보인다. [원주]

하려 든다면, 그리하여 개개의 인식 대상이 지닌 '본질'을 찾으려 든다면, 그들은 결국 경험에 인위적인 깊이를 부여하는 사태에 이를 것이다. 부조리 정신에게 그것은 이해할 수 없는 일이다. 그런데 겸손에서 확신으로 향하는 이행은 지향적 태도에서 더욱 민감하게 느껴지며, 현상학적 사유의 섬광은 거꾸로 부조리한 추론을 더 잘 이해하게 해 줄 듯하다.

왜냐하면 후설 역시 지향이 밝히는 '초시간적 본질들', 마치 플라톤이 말하는 듯 '초시간적 본질들'을 이야기하기 때문이다. 현상학자들은 만물을 단 하나의 사물이 아니라 만물에 의해 설명한다. 나는 둘 사이에 어떤 차이가 있는지 알지 못한다. 물론 그들은 의식이 개개의 대상을 묘사할 때마다 '구현하는' 관념이나 본질이 완벽한 모델이라고 주장하지는 않는다. 하지만 그 관념과 본질이 지각의 여건 속에 직접적으로 현존한다고 주장한다. 더 이상 모든 것을 설명하는 단 하나의 관념은 존재하지 않지만, 무한히 많은 대상에 의미를 부여하는 무한히 많은 본질이 존재하는 것이다. 세계는 움직이지 않게 되었으나 환히 밝혀지는 셈이다. 플라톤의 실재론이 직관적으로 변했지만, 그래도 그것은 여전히 실재론이다. 키르케고르는 그의 신 속으로 빠져들었고, 파르메니데스는 사유를 '유일자' 속으로 몰고 갔다. 하지만 후설은 여기서 사유를 추상적 다신교 속으로 던져 넣는다. 아니, 그 정도가 아니다. 환각과 허구조차 '초시간적 본질'의 일부를 이룬다. 이 새로운 관념의 세계에서는, 반인반마의 괴물 켄타우로스의 범주가 지하철 승객이라는 훨씬 더 평범한 범주와 협력한다.

부조리 인간이 보기에, 세계의 모든 얼굴이 특권을 지닌다는 이 순수하게 심리학적인 견해에는 하나의 진리와 동시에 씁쓸한 뒷맛이 배어 있다. 모든 것이 특권을 지닌다는 말은 모든 것이 동등한 가치를 지닌다는 말로 통한다. 그러나 이 진리의 형이상학적 양상이 그를 너무나 멀리 데려간 탓에, 후설은 조그마한 반동으로도 플라톤에 더 가까이 다가섰음을 느낀다. 즉 그는 개개의 이미지가 저마다 특권적인 본질을 전제하고 있다는 가르침을 받은 것이다. 이를테면 이 서열 없는 이상적인 세계에서, 정규군은 오직 장군들로만 구성되어 있다. 아마 초월성은 이미 제거되었을 것이다. 하지만 사유의 돌연한 전환이 일종의 단편적 내재성을 세계에 다시 도입하고, 이것이 우주의 인위적인 깊이를 복원한다.

그 창조자들이 매우 신중하게 다룬 주제를 내가 너무 멀리 밀고 나가지는 않았나 걱정해야 할까? 그러나 나는 외관상 역설적으로 보이지만, 앞선 내용을 받아들인다면 엄격한 논리가 느껴지는 후설의 단언을 읽어냈을 뿐이다. "참인 것은 그 자체로 절대적으로 참이다. 진리는 하나이다. 진리를 지각하는 존재가 인간이든 괴물이든 천사든 신이든 무엇이든 간에, 그 존재는 진리와 동일하다." 이 단언으로써 '이성'은 승리의 나팔을 분다. 나는 그것을 부정할 수 없다. 하지만 부조리 세계에서 그의 단언은 무엇을 의미할 수 있는가? 천사나 신의 지각은 내게 아무런 의미가 없다. 신의 이성이 나의 이성을 승인해주는 그 기하학적 장소는 내게 영원히 불가해하다. 여기서 다시 한번 나는 비약을 목격한다. 추상 속에서 이루어지는 그 비약은 바로 내가 망각하지 않으려 하는 부조리의 망각을 뜻한다. 더 나아가 후설이 "인력에 종속된 물체가 모두 사라진다 해도, 인력의 법칙은 파괴되는 것이

프란시스코 데 고야, 〈이성이 잠들면 괴물이 깨어난다〉, 1799년경

아니라 단순히 적용 대상 없이 남아 있으리라" 하고 외칠 때, 나는 위안의 형이상학을 마주하고 있음을 알게 된다. 만일 사유가 명백한 사실의 길에서 이탈하는 전환점을 찾고 싶다면, 후설이 정신에 대해 펼치는 추론을 다시 읽는 것으로 충분하리라. "만일 우리가 정신의 전개과정을 지배하는 정확한 법칙을 명확히 관찰할 수 있다면, 그 법칙은 이론적 자연과학의 기본 법칙처럼 영원한 불변의 법칙으로 드러날 것이다. 그러므로 정신의 전개 과정이 전혀 없을 때조차 그 법칙은 유효할 것이다." 정신이 존재하지 않을 때조차 정신의 법칙은 존재할 것이라니! 여기서 나는 후설이 하나의 심리적 진실을 하나의 합리적 법칙으로 만들려 한다는 사실을 깨닫는다. 말하자면 후설은 인간 이성의 통합적 능력을 부정한 후, 이를 핑계 삼아 '영원한 이성' 속으로 비약하는 것이다.

사정이 이러하니, '구체적 우주'라는 후설의 주제는 전혀 놀랍지 않다. 모든 본질이 형식적인 것은 아니며 물질적인 본질도 있다고, 형식적인 본질은 논리학의 대상이고 물질적인 본질은 과학의 대상이라고 내게 말해봐야 그것은 정의의 문제일 뿐이다. 사람들은 내게 추상은 구체적인 보편의 비실질적인 부분을 가리킬 뿐이라고 단언한다. 그러나 이미 드러난 동요는 나로 하여금 이 명제들의 혼란을 더욱 분명히 이해하게 한다. 실제로 그것은 나의 주의를 끄는 구체적 대상, 이를테면 이 하늘, 외투 자락에 비치는 물의 반영이 나의 관심으로 인해 세계에서 독자적으로 정립되는 현실의 권위를 갖춘다는 의미일 수 있기 때문이다. 나는 이 점을 부정하지 않겠다. 하지만 동시에 그것은 이 외투 자체가 보편적인 것이고, 고유하고 충만한 본질을 가지고 있으며, 형상의 세계에 속한다는 뜻일 수도 있다. 그리하여 나는 단지 행렬의 순서가 바뀌었을 뿐임을 알아차린다. 즉 이 세계는 더 이상 어떤 상위의 우주에 반영되는 것이 아니라, 형상들의 하늘이 이 땅의 수많은 이미지 속으로 내려오는 것이다. 내가 보기에 실질적으로 변한 것은 아무것도 없다. 내가 여기서 마주치는 것은 구체적인 대상에 대한 취향이나 인간 조건의 의미가 아니라, 구체적인 대상 자체를 일반화하려는 완전히 고삐 풀린 주지주의이다.

　모욕받은 이성과 승리한 이성이라는 상반된 경로를 거쳤으면서도, 사유가 사유 자신을 부정하는 동일한 결과에 이르는 역설이 크게 놀랍지는 않다. 후설의 추상적 신과 키르케고르의 벼락 같은 신 사이의 거리는 그다지 멀지 않다. 이성도 비합리도 똑같은 설교로 통한다. 사실상 경로는 문제 되지 않으며, 목적지에 다다르려는 의지가 중요하다. 추상적인 철학자와 종교적인 철학자는 똑같은 혼란에서 출발해 똑같은 고뇌 속에서 서로를 부축한다. 그러나 이들의 공통 본질은 설명하는 데 있다. 여기서는 향수가 과학적 사고보다 강하다. 이 시대의 사유가 세계의 무의미성을 강조하는 철학에 가장 깊이 물든 사유이자 그 결론이 가장 혼란스러운 사유라는 사실은 의미심장하다. 이 시대의 사유는 현실을 여러 유형의 이성으로 분할하는 현실의 극단적 합리화와, 현실을 신성화하는 현실의 극단적 비합리화 사이에서 끊임없이 흔들리고 있다. 그러나 이런 단절은 표면적인 것일 뿐이다. 두 사유는 비약을 통해 충분히 양립할 수 있다. 여전히 사람들은 이성이 타협을 모른 채 일방통행한다는 잘못된 생각을 가지고 있다. 이성이라는 개념은 의도가 아무리 엄밀할지라도 실제로는 다른 개념들처럼 유동적이다. 이성은 순전히 인간적인 얼굴을 지니고 있지만, 신성을 향해 돌아설 줄도 안다. 이성과 영원성을 처음으로 화해시켰던 플로티노스 이후, 이성은 자신의 가장 소중한 원리인 모순을 외면하고 자신의 가장 기이한 원리, 불가해한 원리인 협력을 동반하는 법을 익혔다.[33] 하지만 이성은 사유의 도구일 뿐, 사유 자체가 아니다. 인간의 사유는 무엇보다 인간의 향수이다.

이성은 플로티노스의 우수를 달랠 수 있었다. 마찬가지로 이성은 현대의 불안한 영혼에게 영원성이라는 친숙한 무대 장치 속에서 불안을 가라앉힐 수단을 제공한다. 부조리 정신은 그만한 행운을 누리지 못한다. 부조리 정신에게 세계는 합리적이지도 비합리적이지도 않다. 세계는 이성을 결하고 있다, 그뿐이다. 후설의 세계에서 이성은 한계를 모른다. 반대로 부조리는 한계를 설정하는데, 이성이 부조리의 고뇌를 가라앉힐 힘이 없기 때문이다. 한편 키르케고르는 단 하나의 한계만으로도 이성을 부정하기에 충분하다고 주장한다. 부조리는 그저

---

33 A – 그 시대에 이성은 적응하거나 아니면 죽어야 했다. 이성은 적응한다. 플로티노스와 더불어 이성은 논리적인 것에서 미학적인 것으로 바뀐다. 은유가 삼단논법을 대신하는 것이다.
B – 게다가 이것이 플로티노스의 현상학에 대한 유일한 공헌은 아니다. 이런 태도는 이 알렉산드리아 사상가에게 그토록 소중했던 생각, 즉 인간의 관념뿐 아니라 소크라테스의 관념도 존재한다는 생각에 이미 내포되어 있다. [원주]

럼 멀리 나아가지 않는다. 부조리의 경우, 한계는 단지 이성의 야심만을 목표물로 삼는다. 실존철학자들이 생각하는 비합리라는 주제는 혼탁해진 이성, 자신을 부정함으로써 스스로를 해방하는 이성을 가리킨다. 반면 부조리는 자신의 한계를 확실히 알고 있는 명징한 이성이다.

부조리 인간은 그 험난한 여정의 끝에 이르러서야 진정한 이치를 깨닫는다. 그의 내면 깊숙이 자리한 열망과 자신에게 제공되는 것을 비교할 때, 부조리 인간은 문득 자신이 발걸음을 돌리게 되리라고 느낀다. 후설의 우주에서는 세계가 명료해지기에, 인간의 마음속에 자리한 낯익음에 대한 욕망은 쓸모를 잃는다. 키르케고르의 묵시록적 우주에서는, 명료성에 대한 욕망을 채울 유일한 방법은 그 욕망을 포기하는 것이다. 아는 것이 죄가 아니라(이 점에서는 모든 사람이 무죄이다), 알기를 원하는 것이 죄이다. 이것이야말로 부조리 인간으로 하여금 무죄와 동시에 유죄를 느끼게 하는 단 하나의 죄라고 할 수 있다. 세상은 과거의 온갖 모순이 이제는 논쟁적 유희에 불과하다는 결말을 그에게 제시한다. 그러나 부조리 인간은 이 모순들을 그런 방식으로 느끼지 않았다. 이 모순들이 결코 해소될 수 없다는 진리를 직시해야 한다. 부조리 인간은 설교를 원하지 않는다.

나의 추론은 그것을 유발한 명백한 사실을 충실히 기억하고자 한다. 그 명백한 사실은 바로 부조리이다. 부조리는 욕망하는 정신과 절망하게 하는 세계 사이의 단절, 통일성에 대한 나의 향수, 이리저리 해체된 우주, 이 모든 것을 연결하는 모순을 가리킨다. 키르케고르는 나의 향수를 말살하고, 후설은 이 우주를 재조립한다. 내가 기대하는 것은 그런 것이 아니다. 문제는 이런 참담한 분열과 함께 생활하며 사유하는 것, 부조리를 수용할지 거부할지 알아내는 것이다. 문제는 명백한 사실을 감추는 것, 방정식의 한쪽 항을 부정함으로써 부조리를 제거하는 것이 아니다. 인간이 부조리와 함께 살아갈 수 있는지, 아니면 인간이 부조리로 인해 죽기를 논리가 명하는지를 알아야 한다. 나의 흥미를 끄는 것은 철학적 자살이 아니라 자살 그 자체이다. 단지 나는 자살에서 감정적 내용을 모두 걸러낸 후 자살의 논리와 진실을 온전히 인식하고 싶을 뿐이다. 일체의 다른 입장은 부조리 정신에게는 일종의 속임수요, 정신이 밝히고자 하는 대상 앞에서 내딛는 뒷걸음질에 지나지 않는다. 후설은 "이미 알고 있어 편안해진 존재 조건 속에서 생활하고 사유하는 만성적인 습관"에서 벗어나라고 말하지만, 그의 세계에서 궁극적 비약은 영원성과 그에 따른 안락을 우리에게 되돌려준다. 비약의 순간은 키르케고르의 바람과 달리 극단적 위험을 동반하지 않는다. 진정한 위험은 오히려 비약에 선행하는 미묘한 순간에 있다. 그 현기증 나는 모서리에 서서 자세를 똑바로 유지하는 것, 그것이 바로 진실한 행위이며, 나머지는 모두 교묘한 술책일 뿐이다. 나는 인간의 무력함이 키르케고르의 동의보다 더 감동적인 동의를 불러일으킨 적이 없음을 알고 있다. 그러나 인간의 무력함이 역사의 무심한 풍경 속에서는 자기 자리를 가질 수 있을지라도, 이제 그것이 무엇을 요구하는지 잘 알고 있는 추론에서는 자기 자리를 찾지 못할 것이다.

부조리한 자유

이제 주된 논의는 마무리되었다. 나는 내가 벗어날 수 없는 몇몇 명백한 사실을 손에 쥐고 있다. 내가 알고 있는 것, 확실한 것, 내가 부정할 수 없는 것, 내가 거부할 수 없는 것, 바로 이런 것들이 중요한 것이다. 나는 불확실한 향수로 살아가는 나의 일부분을 모두 부정할 수 있지만, 통일성에 대한 욕망, 문제를 해결하려는 욕구, 명증성과 논리성을 향한 열망만은 부정할 수 없다. 나는 나를 둘러싸고 내게 부딪치고 나를 휩쓸어가는 이 세계에서 모든 걸 논박할 수 있지만, 이 혼돈, 이 지배적인 우연, 무정부 상태에서 비롯되는 이 신성한 등가성만은 논박할 수 없다.[34] 나는 이 세계가 그 자체를 초월하는 의미를 지니는지 알지 못한다. 그러나 나는 그 의미를 인지하지 못하고 있을 뿐 아니라 지금 당장으로서는 인지하는 게 불가능하다는 사실만은 분명히 안다.

---

34 여기서 '등가성'(équivalence)이라는 말은 만물이 존재하는 데 합리적인 이유가 없으므로, 『이방인』의 뫼르소가 생각하듯 만물의 가치는 동일하다는 뜻으로 이해된다. 이를테면 꽃이 돌보다 더 가치 있는 것은 아니다.

하기야 나의 조건을 벗어난 의미가 내게 무슨 소용이 있을까? 나는 오직 인간적인 언어로만 이해하고 소통할 수 있다. 내가 만지는 것, 내게 저항하는 것, 내가 이해하는 것은 바로 그런 것이다. 그리고 내가 확신하는 두 가지, 즉 절대와 통일성을 구현하려는 나의 열망과 합리적인 원리로 설명되지 않는 이 세계를 양립시킬 수 없다는 사실도 분명히 안다. 거짓을 말하지 않고서야, 다시 말해 내가 가지고 있지도 않은 희망, 내 조건의 한계 속에서 아무런 의미도 없는 희망[35]을 개입시키지 않고서야 그 밖의 다른 진실을 어찌 인식할 수 있을까?

만일 내가 한 그루의 나무라면, 한 마리의 고양이라면, 이 삶은 의미를 가질 것이다. 아니, 오히려 내가 이 세계의 일부분이므로 이런 문제 자체가 무의미하리라. 다시 말해 내가 나무나 고양이라면, 나는 지금 인간으로서 치열한 의식과 합리의 열망으로 대립하고 있는 이 세계 자체가 '될 것이다'. 그토록 하찮은 이성, 나를 세계의 모든 피조물과는 다른 존재로 만드는 것이 바로 그 이성이다. 나는 그 이성을 펜으로 줄을 긋듯 간단히 지워버릴 수 없다. 그러므로 내가 참이라고 믿는 것, 나는 그것을 유지하지 않으면 안 된다. 설령 내게 적대적일지라도 내게 명백한 사실로 드러나는 것, 나는 그것을 지탱하지 않으면 안 된다. 나의 정신과 세계 사이의 갈등과 단절, 그 바탕을 이루는 것이 그에 대한 나의 의식이 아니라면 도대체 무엇이겠는가? 오직 항상 새로워지고 팽팽히 긴장하는 항구적인 의식을 통해서만 나는 이

---

35 여기서 카뮈가 강조하는 '희망'(espoir)은 이 세계를 초월하는 또 다른 세계의 설정, 예컨대 종교적 내세의 설정으로 이해하면 좋을 성싶다.

갈등과 단절을 유지할 수 있다. 지금 내가 유념해야 할 것은 바로 이런 사실이다. 이 시점에서 그토록 명백하고 그토록 정복하기 어려운 부조리는 한 인간의 삶 속으로 되돌아오고, 거기서 자기의 조국을 되찾는다. 또한 정신은 명증성을 향한 노력이라는 메마르고 삭막한 길에서 벗어날 수 있다. 이제 그 길은 일상생활 속으로 접어든다. 그 길은 익명의 '뭇사람들'[36]의 세계를 다시 만나지만, 인간은 이제 새로운 반항과 통찰력을 갖춘 채 그곳으로 들어선다. 인간은 희망에 기대기를 멈춘 것이다. 바야흐로 현재라는 이 지옥이 그의 왕국이 되었다. 모든 문제가 날카로운 칼날을 되찾는다. 추상적이면서도 명백한 사실은 형태와 색깔의 서정성 앞에서 뒤로 물러난다. 정신적 갈등이 다시 구체적 모습을 갖추고, 인간의 마음이라는 초라하면서도 훌륭한 피난처를 되찾는다. 해결된 것은 아무것도 없다. 그러나 모든 것이 달라졌다. 죽을 것인가, 비약을 통해 달아날 것인가, 자기 의도대로 관념과 형상의 집을 다시 지을 것인가? 아니면 그 반대로 고통스럽지만 경이로운 부조리의 내기를 굳건히 유지할 것인가? 이와 관련하여 마지막 노력을 쏟아 모든 결론을 도출하자. 그렇게 할 때 육체, 사랑, 창조, 행동, 인간적 고결함은 이 몰상식한 세계에서 자기 자리를 되찾을 것이다. 마침내 인간은 거기서 그의 위대함을 키워줄 부조리라는 술과 무관심[37]이라는 빵을 되찾을 것이다.

---

36 카뮈가 강조 표시를 한 프랑스어 'on'은 특정인이 아니라 일반적인 사람들을 가리키는 부정대명사이다. 여기서는 익명성을 부각하기 위해 '뭇사람들'로 옮기고자 한다.

다시 한번 방법을 강조하자면, 요는 고집스럽게 버티는 것이다. 부조리 인간은 이런저런 길목에서 유혹을 받기 마련이다. 역사에는 종교도 예언자도 부족하지 않다. 심지어 신 없는 종교와 신 없는 예언자도 있다. 사람들은 부조리 인간에게 비약하기를 요구한다. 부조리 인간이 할 수 있는 대답은 이해가 가지 않는다는 것, 문제가 불명확하다는 것뿐이다. 부조리 인간은 자신이 정히 이해하는 것만을 실행하고자 한다. 사람들은 그것이야말로 오만의 죄라고 말하지만, 부조리 인간은 죄의 개념을 이해하지 못한다. 사람들은 지옥이 그를 기다린다고 말하지만, 부조리 인간은 상상력이 부족하여 그런 야릇한 미래를 머릿속에 그릴 수 없다. 사람들은 그가 영생을 잃을 거라고 말하지만, 부조리 인간에게 그런 문제는 덧없어 보인다. 사람들은 그가 자신의 죄를 인정하기를 바란다. 하지만 그는 자신이 무죄라고 느낀다. 사실 그가 느끼는 것은 오직 돌이킬 수 없는 자신의 결백뿐이다. 그에게 모든 것을 허용하는 것은 바로 그 결백함이다. 따라서 부조리 인간의 다짐은 '오직' 그가 아는 것과 함께 살아가는 데 있으며, 지금 이대로의 상태에 만족하며 불확실한 것은 아무것도 개입시키지 않는 데 있다. 사람들은 그에게 확실한 것은 아무것도 없다고 응수한다. 그러나 적어도 이것만은 확실하지 않은가. 즉 구원의 호소 없이 살아가는 게 가능한지를 알고 싶은 부조리 인간의 열망 말이다.

---

37 '무관심'으로 번역한 'indifférence'는 카뮈가 자주 쓰는 용어이다. 『이방인』의 뫼르소는 사형 직전에 '희망'에서 벗어나면서 '세계의 다정한 무관심'에 처음으로 가슴을 연다. 이때의 'indifférence'는 세계와 나 사이에 필연적인 관계가 없다는 사실에서 비롯되는데, '무관심' 외에 '무관함', '무심함', '초연함' 등의 의미를 내포한다.

◇ ◇ ◇

이제 나는 자살의 개념을 논할 수 있다. 우리는 이미 자살에 대해 어떤 해결책을 제시할 수 있는지 생각해봤다. 이 시점에서 문제가 역전된다. 앞에서는 인생이 살 만한 의미가 있는지 없는지 묻는 것이 문제였다. 그러나 여기서는 오히려 인생에 의미가 없는 만큼 더욱더 살아볼 만한 것처럼 보인다. 하나의 경험, 하나의 운명을 산다는 것은 그것을 완전히 받아들인다는 것이다. 그런데 만일 의식이 밝혀낸 우리 앞의 부조리를 최선을 다해 굳건히 유지하지 않는다면, 우리는 운명이 부조리하다는 사실을 인식하면서 그 운명을 온전히 살아내고 있다고 말할 수 없으리라. 부조리를 태동시키는 두 대립항 가운데 하나를 부정하는 것은 곧 부조리를 회피하는 것이다. 의식적인 반항을 포기하는 것은 곧 문제를 외면하는 것이다. 영구 혁명이라는 주제는 이처럼 개인의 경험 속으로 옮겨진다. 산다는 것은 곧 부조리를 살아 있게 한다는 것이다. 부조리를 살아 있게 한다는 것은 무엇보다 부조리를 응시한다는 것이다. 에우리디케[38]와는 반대로, 부조리는 오직 우리가 눈길을 다른 곳으로 돌릴 때 죽는다. 그러므로 유일하게 논리적

---

38 그리스 신화에 나오는 음악가 오르페우스의 아내이다. 에우리디케가 양치기 아리스타이오스의 구애를 거부하고 달아나다가 뱀에게 물려 죽자, 오르페우스는 지하 세계의 신 하데스에게 아내를 살려줄 것을 간청했다. 오르페우스의 노래와 리라 연주에 감동한 하데스는 지상으로 완전히 나갈 때까지 뒤를 돌아봐서는 안 된다는 조건으로 에우리디케를 넘겨주었다. 그러나 오르페우스는 지상의 입구에서 에우리디케가 잘 따라오고 있는지 확인하려고 뒤를 돌아보았고, 에우리디케는 곧바로 지하 세계로 휩쓸려 들어가고 말았다.

에드워드 포인터, 〈오르페우스와 에우리디케〉, 1862년

인 철학적 태도는 반항이다. 반항은 인간과 인간의 고유한 어둠 사이의 영원한 대결을 뜻한다. 반항은 불가능한 투명성을 요구한다. 반항은 매 순간 세계를 다시 문제 삼는다. 위험이 인간에게 대체할 수 없는 반항의 기회를 제공하는 것과 마찬가지로, 형이상학적 반항은 모든 경험을 놓치지 않고 따라가며 의식의 메스를 들이댄다. 반항은 인간 자신에 대한 인간의 끊임없는 현존을 가리킨다. 반항은 갈망이 아니다. 반항에는 희망이 없다. 반항은 짓누르는 운명에 대한 확인일 뿐, 그 운명에 동반하기 마련인 체념이 아니다.

바로 여기서 우리는 부조리의 경험이 자살과 어느 정도로 멀리 있는지 알게 된다. 자살이 반항에 뒤따른다고 생각할 수도 있다. 하지만 그 생각은 틀렸다. 왜냐하면 자살은 반항의 논리적 귀결이 아니기 때문이다. 사실상 자살은 동의를 전제로 하기에 반항의 정반대이다. 자살은 비약과 마찬가지로 극한에서의 수용을 뜻한다. 모든 것이 소진되자 인간은 자신의 근원적 역사 속으로 되돌아간다. 인간은 자신의 미래, 인간의 유일하고 끔찍한 미래를 인식하고 그곳으로 돌진하는 것이다. 자살은 그 나름으로 부조리를 해소한다. 자살은 부조리를 바로 그 죽음 속으로 끌고 들어간다. 그러나 부조리가 해소되어야 하는 게 아니라 유지되어야 한다는 사실을 나는 알고 있다. 부조리는 죽음의 의식인 동시에 죽음의 거부이므로 자살과는 거리가 멀다. 부조리는 사형수의 마지막 생각이 극한에 이르렀을 때 현기증 나는 추락의 벼랑 끝에서 어쩔 수 없이 바라보는 구두끈과 같다. 자살자의 반대는 정확히 말해 사형수[39]이다.

반항은 삶에 가치를 부여한다. 한 존재의 여정을 줄곧 동반하는 반항은 삶의 위대함을 되살아나게 한다. 눈이 멀지 않은 사람이라면 인간의 지성이 자신을 초월하는 현실에 맞서 싸우는 광경보다 더 아름다운 광경을 알지 못하리라. 인간의 자부심이 펼치는 이 광경에는 아무것도 필적할 수 없다. 그것을 평가절하하는 행위는 그 무엇도 결실을 거두지 못하리라. 정신이 자신에게 부과하는 이 규율, 불 속에서 통째로 달구어낸 이 의지, 한 치의 빈틈도 없는 이 대결에는 무엇인가 강력하고 특별한 것이 있다. 현실의 비인간성이 인간의 위대함을 만들므로 현실을 폄훼하는 것은 곧 인간을 폄훼하는 것이다. 그리하여 나는 왜 내게 모든 걸 설명해주는 교의들이 나를 심약하게 만드는지 이해하게 된다. 그 교의는 내게서 삶의 짐을 덜어주겠지만, 나는 그 짐을 혼자서 짊어지고 가지 않으면 안 된다. 이 전환점에 이르러, 나는 불신론적인 형이상학이 포기의 정신과 결합하는 것을 도무지 이해할 수 없다.

의식과 반항이라는 거부는 포기의 반대항이다. 인간의 마음속에 자리한 완강하고 열정적인 모든 것이 거부를 고취한다. 요는 타협을 뿌리치고 죽는 것이지 기꺼이 자발적으로 죽는 것이 아니다. 자살은 오해의 행위이다. 부조리 인간은 모든 것을 소진하고 자기 자신까지도 남김없이 소진할 뿐이다. 부조리는 더없이 극단적인 긴장, 즉 인간이 고독한 노력으로 끊임없이 유지하는 극한의 긴장이다. 왜냐하면 인간은 날마다 도전이라는 자신의 유일한 진실을 의식과 반항으로 입증하

---

39 인간은 저마다 필멸에 예정된 사형수라는 생각은 카뮈의 『이방인』에서도 잘 드러난다.

고 있기 때문이다. 이것이 첫 번째 귀결점이다.

만일 내가 새롭게 발견된 어떤 개념에서 온갖 결과를 끌어내려는 일관된 입장을 견지한다면, 나는 두 번째 역설 앞에 서게 되리라. 이런 방법에 충실하기 위해 내가 형이상학적 자유의 문제를 살필 필요는 전혀 없다. 인간이 자유로운지 아닌지를 아는 것은 나의 관심사가 아니다. 나는 나의 자유만을 경험할 수 있을 뿐이고, 나의 자유에 대해 일반적인 개념이 아니라 몇몇 분명한 인상만을 가질 수 있을 뿐이다. '자유 그 자체'의 문제는 아무런 의미가 없다. 왜냐하면 이 문제는 전혀 다른 방식으로 신의 문제에 연결되기 때문이다. 인간이 자유로운지를 아는 문제는 필연적으로 인간이 주인을 가질 수 있는지를 아는 문제로 연결된다. 이 문제의 고유한 불합리성은 자유의 문제를 가능하게 하는 개념 자체가 이 문제의 의미를 모두 앗아간다는 사실에서 비롯된다. 왜냐하면 신 앞에서는 자유의 문제보다 악의 문제가 더 중요하기 때문이다. 다음과 같은 양자택일은 잘 알려져 있다. 우리는 자유롭지 않고, 전능한 신이 악을 책임진다. 또는 우리는 자유롭고 악을 책임지지만, 신은 전능하지 않다. 제아무리 탁월한 기교를 자랑하는 학파도 이 역설의 칼날에 아무것도 더하지도 덜어내지도 못했다.

그러므로 나는 내 개인적인 경험의 범주를 넘어서는 즉시 내게서 빠져나가고 의미를 상실하는 개념에 열광하거나 그것을 단순히 정의하는 데 골몰할 수 없다. 나는 어떤 우월한 존재에 의해 내게 주어지는 자유가 어떤 것일지 이해하지 못한다. 나는 위계의 감각을 잃었다. 내가 자유와 관련하여 가진 개념이라고는 죄수의 개념이나 국가 내의 근대적 개인의 개념뿐이다. 내가 알고 있는 자유는 정신의 자유와 행동의 자유이다. 그런데 만일 부조리가 내게서 영원한 자유[40]의 기회를 박탈한다면, 오히려 부조리는 내게 행동의 자유를 반환하고 앙양하는 셈이다. 이런 식의 희망과 미래의 박탈은 내게 인간 가용성의 증대를 뜻한다.

부조리를 만나기 전에는, 일상적 인간은 목적, 미래에 대한 염려, 또는 (누구에 대한 또는 무엇에 대한 것인지는 중요하지 않지만) 정당화와 더불어 살아간다. 그는 행운을 가늠하고, 훗날이나 은퇴나 자식들의 직업을 고려한다. 그는 아직도 삶에서 무엇인가의 방향을 마음대로 정할 수 있다고 여긴다. 요컨대 그는 자신이 자유로운 것처럼 행동한다. 모든 정황이 그 자유를 부정하고 있는데도 말이다. 부조리를 만난 후에는, 모든 것이 흔들린다. "나는 존재한다"라는 이 생각, (간간이 아무것도 의미 없다고 말하기는 하지만) 모든 게 의미 있다는 듯 살아가는 나의 행동 양식, 그 모든 것이 필연적 죽음의 부조리성으로 인해 현기증이 날 정도로 부정된다. 내일을 생각하고, 목표를 정하고, 어떤 대상을 선호하는 그 모든 것은 자유에 대한 믿음, 가끔 그 자유가 느껴지지 않을지라도 자유에 대한 믿음을 전제로 한다. 그러나 부조리를 인식한 바로 이 순간, 진리의 바탕을 이루는 그 우월한 자유, 그 '존재'의

---

40 여기서 말하는 '영원한 자유'(liberté éternelle)는 인간이 신에 귀의할 때 신이 부여하는 자유를 뜻하는 것이리라.

자유가 더 이상 없다는 사실을 나는 잘 안다. 죽음이 유일한 현실로서 여기에 있다. 죽음이 닥치면 내기는 끝난 셈이다. 나 또한 자유롭게 영생할 수 없는 노예, 더욱이 영구 혁명을 기대할 수도 없고 현실을 경멸할 수도 없는 노예인 것이다. 혁명도 경멸도 없이 그 누가 노예로만 살 수 있겠는가? 영원성의 보장 없이 그 어떤 자유가 충만한 의미로 존재할 수 있겠는가?

부조리 인간은 지금까지 자신이 자유롭다는 가정에 묶인 채 환상 속에서 살아왔다는 사실을 깨닫는다. 어떤 의미에서는 그것이 그에게 족쇄를 채운 것이었다. 인생의 목표를 정하는 한, 그는 그 목표의 요구에 자신을 맞추어야 했고 자기 자유의 노예가 되어야 했다. 그리하여 나는 오직 가족의 아버지로서만 (또는 엔지니어, 민족의 영도자, 체신부 임시 직원으로서만) 행동하게 되고, 그렇게 되기 위해 만반의 준비를 했던 것이다. 나는 저런 것이 아니라 이런 것이 되기를 선택할 수 있다고 믿는다. 그것도 무의식적으로 믿는다. 사실이 그렇다. 그러나 나는 나를 둘러싼 타인들의 믿음과 사회적 환경의 편견에 기대어 (다른 사람들도 자신이 자유롭다고 확신하고 있거니와 그런 확신은 얼마나 전염성이 강한가!) 나의 가정(假定)을 지탱해 나간다. 일체의 도덕적이거나 사회적인 편견을 멀리하려 해도 사람은 부분적으로 영향을 받기 마련이고, 심지어 최상의 편견(편견에도 좋은 것과 나쁜 것이 있다)에 자신의 삶을 일정하게 맞추기도 한다. 그러나 부조리를 의식한 인간은 자신이 실제로 자유롭지 않다는 사실을 알아차린다. 좀 더 분명히 말하자면 내가 희망을 품는 한, 나에게 고유한 진리를 두려워하며 외면하는 한, 내 삶을 조율함으로써 삶이 의미 있다고 생각하는 한, 나는 스스로 울타리를 쳐서 내 삶을 그 속에 가두는 셈이다. 이를테면 나는 내게 혐오감만을 불러일으키고, 이제야 알아차린 인간의 자유를 주물럭거리는 것 외에는 아무것도 하지 않는 저 수많은 형이상학적 관료, 즉 정신과 마음의 관료처럼 행동하는 셈이다.

이런 상황에서 부조리는 내게 하나의 사실을 분명히 알려준다. 우리에게 내일은 없다. 내 심오한 자유의 이유는 바로 거기에 있다. 나는 여기서 두 가지 비유적 사례를 들겠다. 우선, 신비주의자들은 자신에게 부여할 자유를 찾아낸다. 신의 품으로 빠져들고 신의 규율에 동의할 때, 그들은 은밀하게 나름대로 자유로워진다. 그들이 심오한 독립을 구현하는 것은 바로 자발적으로 동의한 노예 상태에서이다. 그러나 그런 자유가 무슨 소용이 있을까? 그들은 자기 자신에 대해 자유를 '느낄' 뿐이라고, 완전히 자유롭다기보다는 차라리 삶의 진실에서 풀려났을 뿐이라고 말할 수 있으리라. 반면 오로지 (여기서는 가장 명백한 부조리로 간주되는) 죽음만을 바라보는 부조리 인간은 자기 내면에서 응집되는 그 열정적 관심사가 아닌 다른 모든 것에서 풀려난다. 이를테면 그는 일상적 규칙에 대해 자유를 느낀다. 우리는 여기서 실존철학의 출발점에서 본 주제들이 여전히 유효하다는 사실을 깨닫는다. 의식으로의 회귀, 일상적 졸음 밖으로의 탈출은 실존철학자들이 부조리한 자유를 얻기 위해 내딛는 첫걸음을 나타낸다. 하지만 이 첫걸음이 겨냥하는 것은 실존적 '설교'이며, 그 설교와 함께 이 첫걸음은 사실상 의식을 회피하는 정신적 비약이 된다. 이와 마찬가지로, (이것이 나의 두 번째 비유적 사례인데) 고대의 노예들은 자유롭게 행동할 수 없었다. 그러나 그들은 궁극적으로 책임지지 않을 자유를 누렸다.[41]

죽음 또한 억압하면서 해방하는 로마 귀족의 손과 같은 손을 가지고 있다.

이제부터 밑바닥 없는 확실성 속으로 침잠하는 것, 자기의 삶에 대해 이방인이라고 느끼면서 사랑에 빠진 연인의 근시안 없이 삶을 멀리 보고 관통하는 것, 바로 그것이 진정한 해방의 원리이다. 이 새로운 독립은 모든 행동의 자유가 그렇듯 기한이 정해져 있다. 그것은 영원성을 담보로 수표를 끊지 않는다. 하지만 그것은 죽음에 이르러 모두 끝나는 '자유'의 환상을 대신한다. 어느 이른 새벽에 감옥의 문이 열릴 때 그 앞에 선 사형수가 느끼는 신성한 해방감, 생명의 순수한 불꽃 외에 아무것도 욕심내지 않는 경이로운 무욕의 상태, 죽음과 부조리, 이것이 바로 유일하게 합리적인 자유의 원리, 다시 말해 인간의 마음이 누릴 수 있는 유일하게 합리적인 자유의 원리라는 사실을 우리는 깨닫는다. 이것이 두 번째 귀결점이다. 부조리 인간은 이처럼 불타는 듯 뜨거우면서도 얼음장처럼 차가운 우주, 투명하면서도 한계 지어진 우주를 만나는데, 그곳에서는 아무것도 가능하지 않지만 모든 것이 주어져 있고, 그곳을 넘어서면 오직 절멸과 무(無)가 있을 뿐이다. 그리하여 부조리 인간은 그런 우주에서 살아가기로, 그런 우주로부터 자신의 힘, 희망의 거부, 위안 없는 삶의 집요한 증언을 끌어내기로 결심한다.

---

41 여기서 문제는 사실의 비교이지 굴욕의 옹호가 아니다. 부조리 인간은 타협한 인간의 반대항이다. [원주]
    '타협한 인간'(l'homme réconcilié)은 비합리를 수용한 인간을 뜻한다.

◇ ◇ ◇

그런 우주에서 삶이란 무엇을 뜻할까? 지금으로서는 미래에 대한 무관심과 내게 주어진 모든 걸 소진하려는 열정 외에 아무것도 뜻하지 않는다. 삶의 의미에 대한 믿음은 언제나 가치의 위계, 선택, 우리의 기호(嗜好)를 전제로 한다. 우리의 정의에 따르면, 부조리에 대한 믿음은 그 반대를 가르친다. 그런데 이 문제는 여기서 잠시 짚어볼 필요가 있다.

인간은 구원의 호소 없이 살아갈 수 있는가, 내 모든 관심은 거기에 있다. 나는 이 땅에서 벗어나고 싶지 않다. 내게 주어진 삶의 얼굴, 나는 거기에 적응할 수 있을까? 그런데 이 특별한 고민 앞에서 부조리에 대한 믿음은 결과적으로 경험의 질을 경험의 양으로 대체한다. 만일 내 삶이 부조리의 얼굴 외에 다른 얼굴을 지니지 않았다는 사실을 이해한다면, 만일 내 삶의 균형이 내 의식적인 반항과 내 삶이 몸부림치는 어둠 사이의 영원한 대립에 달려 있다는 사실을 실감한다면, 만일 내 자유가 한계 지어진 운명에 비추어서만 의미를 지닌다는 사실을 인정한다면, 그때 나는 말해야 하리라. 문제는 가장 잘 사는 것이 아니라 가장 많이 사는 것이라고. 나는 그것이 평범한 일인지 불쾌한 일인지, 우아한 일인지 유감스러운 일인지 생각할 필요가 없다. 결정적으로, 여기서는 가치 판단이 배제되고 사실 판단만 남는 것이다. 내 눈으로 직접 볼 수 있는 것에서만 결론을 끌어낼 뿐, 함부로 가설을 설정하지 말아야 한다. 만일 이렇게 사는 것이 올바른 게 아니라면, 진정한 올바름은 내게 더 이상 올바르지 않기를 요구하리라.

가장 많이 살기, 넓은 의미에서 이런 삶의 규칙은 아무것도 뜻하지 않는다. 그 규칙을 분명히 규정할 필요가 있다. 우선 사람들은 양의 개념에 충분히 천착하지 않은 듯하다. 실제로 이 개념은 인간 경험을 폭넓게 설명할 수 있다. 한 인간의 도덕과 가치 체계는 그가 축적할 수 있었던 경험의 양과 다양성에 비추어서만 의미를 지닌다. 그런데 현대적인 삶의 조건은 대다수 인간에게 동일한 양의 경험을, 따라서 동일한 깊이의 경험을 강요한다. 물론 개인의 자연스러운 경험, 즉 개인이 내면으로 '획득한' 경험을 고려해야 한다. 하지만 나는 그것을 판단할 수 없으며, 다시 한번 말하지만 여기서 나의 규칙은 직접적이고 명백한 사실만을 다루는 데 있다. 그리하여 공중도덕의 고유한 특성은 그 도덕을 성립시키는 원리의 관념적 중요성이 아니라 구체적으로 측정할 수 있는 경험의 규모에 있다는 사실을 나는 알게 된다. 다소 무리해서 말하자면, 오늘날 우리가 여덟 시간 노동이라는 도덕을 가진 것처럼 그리스인은 여가 생활이라는 도덕을 가지고 있었다. 그러나 이미 많은 사람이, 그것도 가장 비극적인 이들 가운데 많은 이가 더 오랜 경험이 더 큰 가치를 인정받는다는 사실을 우리에게 알려주었다. 그들은 단순히 경험의 양으로 온갖 기록을 깨뜨리고(나는 일부러 스포츠 용어를 사용하고자 한다) 그럼으로써 자신의 도덕률을 갖춘 일상생활의 모험가를 떠올리게 해주었다.[42] 그렇지만 낭만주의와는 거리

---

42 때로는 양이 질을 만든다. 과학 이론의 최근 학설에 따르면, 모든 물질은 에너지 핵으로 구성되어 있다. 그리고 핵의 양이 물질의 특성을 결정한다. 10억 개의 이온과 1개의 이온은 양뿐 아니라 질에서도 서로 다르다. 이런 정황에서 유추해 인간 경험을 생각해보는 것은 어렵지 않다. [원주]

를 두고, 단지 이런 태도가 내기를 받아들이고 게임의 규칙을 엄격하게 지키려고 결심한 인간에게 무엇을 의미하는지 살펴보자.

온갖 기록을 깨뜨린다는 것은 먼저 그리고 오직 최대한 자주 세계를 접촉한다는 것이다. 하지만 그것은 모순 없이, 말장난 없이 이루어질 수 없으리라. 왜냐하면 부조리는 한편으로 모든 경험에 차이가 없다고 가르치고, 다른 한편으로 서로 차이도 없는 그 경험을 가장 많이 해야 한다고 부추기기 때문이다. 그렇다면 어떻게 내가 앞에서 언급한 그 많은 철학자처럼 행하지 않을 수 있겠으며, 어떻게 우리에게 인간적 동기를 가장 많이 가져오는 삶의 형태를 선택하지 않을 수 있겠으며, 어떻게 한편 거부하려던 가치의 위계를 다른 한편 도입하지 않을 수 있겠는가?

그러나 우리를 가르치는 것은 다시 한번 부조리와 모순적인 삶이다. 실제로 이 경험의 양이 오롯이 우리 자신에게 달렸음에도 삶의 상황에 달렸다고 생각하는 데 잘못이 있다. 여기서는 지극히 간단하게 생각해야 한다. 동일한 세월을 산 두 사람에게 세계는 항상 동일한 양의 경험을 제공한다. 우리는 이 점을 인식할 필요가 있다. 자기의 삶, 자기의 반항, 자기의 자유를 최대한 많이 느낀다는 것은 최대한 많이 산다는 것이다. 명증성이 지배하는 곳에서는 가치의 위계가 쓸모없게 된다. 훨씬 더 단순하게 생각해보자. 이를테면 유일한 장애, 유일한 '손해'는 때 이른 죽음으로 인해 발생한다. 여기서 상정된 우주는 죽음이라는 그 변함없는 예외를 뿌리칠 때만 생명력을 얻는다. 그러므로 그 어떤 깊이도, 그 어떤 감흥도, 그 어떤 열정도, 그 어떤 희생도 부조리 인간의 눈에 (그가 이것을 원할지라도) 40년의 의식적 삶과 60년에 걸친 명증성을 똑같이 보이게 할 수 없을 것이다.[43] 광기와 죽음은 부조리 인간의 불치병이라고 할 수 있다. 인간은 선택하지 않는다. 따라서 부조리와 그것이 내포하는 여분의 삶은 '인간의 의지에 달린 것'이 아니라 그 반대인 죽음에 달려 있다.[44] 낱말을 잘 가려서 써야겠지만, 이것은 단지 운수의 문제가 아닐까. 행운이나 불운은 그대로 받아들이지 않으면 안 된다. 20년의 삶과 경험은 그 무엇으로도 대체될 수 없을 것이다.

그처럼 노련한 민족으로서는 앞뒤가 맞지 않는 이야기이지만, 그리스인들은 젊어서 죽는 사람이 신들에게서 사랑받는 존재라고 생각했다. 신들의 하찮은 세계로 들어가는 것이 이 땅에서 느끼는 기쁨 중에서 가장 순수한 기쁨을 영원히 잃어버리는 것이라는 사실을 우리가 인정할 때만 그 생각은 참이다. 요컨대 줄기차게 의식의 날을 세운 영혼 앞에서 끝없이 이어지는 현재와 현재, 그것이야말로 부조리 인간의 이상이다. 그러나 이상이라는 말에는 오해의 소지가 있다. 사실 그것은 부조리 인간이 구현해야 할 소명이라고 할 수도 없으며, 다만 그의 추론이 도달한 세 번째 귀결점일 뿐이다. 비인간적인 것에 대한 고

---

43 무(無)의 관념처럼 색다른 개념도 똑같이 고찰할 수 있으리라. 무는 현실에 아무것도 덧보태지 않고, 현실에서 아무것도 덜어내지 않는다. 무의 심리학적 경험에서, 우리 자신의 무가 진정으로 의미를 띠는 것은 2천 년 후에 일어날 일을 생각할 때이다. 어떤 면에서 무는 정확히 말해 우리와는 상관없을 먼 미래의 삶의 총화로 이루어진다. [원주]

44 여기서 의지는 행동 주체를 가리킨다. 이를테면 의지는 의식을 유지하려는 경향을 띤다. 의지는 일종의 생활 규범을 제시하거니와 그것은 음미할 만한 가치가 있다. [원주]

통스러운 의식에서 출발한 부조리의 성찰은 그 여정의 끝에서 인간적 반항이라는 열정적 불꽃으로 수렴된다.[45]

◇ ◇ ◇

이처럼 나는 부조리에서 나의 반항, 나의 자유, 나의 열정이라는 세 귀결점을 도출한다. 오직 의식의 작용만으로, 나는 죽음으로의 초대였던 것을 삶의 규칙으로 변형시킨다. 내가 자살을 거부하는 것은 이런 맥락에서 비롯된다. 날마다 줄기차게 따라다니는 그 은근한 울림을 나는 알고 있다. 하지만 내가 할 말은 이 한마디뿐인즉, 그 은근한 울림은 꼭 필요하다. 니체는 이렇게 썼다. "하늘에서도 땅에서도 중요한 것은 오래도록, 그것도 똑같은 방향으로 '복종하는 것'인 듯하다. 예컨대 미덕, 예술, 음악, 무용, 이상, 정신처럼 삶의 목표가 되는 무엇인가, 삶의 변화를 일으키는 무엇인가, 세련되거나 광적이거나 신성한 무엇인가는 그 복종에서 나온다." 이 말로써 니체는 위대한 도덕률을 제시하는 동시에, 부조리 인간이 가야 할 길을 보여준다. 불꽃에 복종하는 것, 그것은 가장 쉬운 일인 동시에 가장 어려운 일이다. 그

---

45 중요한 것은 논리적 일관성이다. 여기서 우리는 세계에 대한 동의에서 출발한다. 그런데 동양 사상은 세계에 '반하는' 선택을 하면서도 동일한 논리적 노력을 경주할 수 있음을 가르쳐준다. 그것 또한 정당한 것이고, 이 시론에 다른 전망을 열어주는 동시에 한계를 부여한다. 세계에 대한 부정이 동양 사상처럼 엄격하게 이루어질 때, 우리는 흔히 (몇몇 베단타학파의 경우처럼) 작품의 초연한 무관심 측면에서 비슷한 결과에 이르곤 한다. 장 그르니에는 『선택』(Le Choix)이라는 매우 중요한 책에서 진정한 '무관심의 철학'을 이런 식으로 정초한다. [원주]

렇지만 인간이 난관에 봉착하여 자기의 능력을 가늠함으로써 자신을 판단하는 것은 좋은 일이다. 인간은 그렇게 할 수 있는 유일한 존재이다.

알랭[46]은 이렇게 말한다. "기도는 밤이 사유 위로 내릴 때 하는 것이다." 그러자 신비주의자들과 실존철학자들이 이렇게 대답한다. "그러니 정신은 밤을 맞이해야 한다." 물론 그렇지만, 이 밤은 인간이 눈을 감아 순전히 의도적으로 만들어내는 밤, 정신이 그곳으로 빠져들게 만들고자 일부러 불러일으키는 밤이 아니어야 한다. 만약 정신이 밤을 맞이해야 한다면, 그 밤은 명징한 절망의 밤, 정신이 내내 깨어 있는 극지의 밤, 머잖아 희고 맑은 여명이 사물 하나하나를 지성의 빛으로 밝힐 밤이어야 한다. 이 지점에서 등가성은 열정적 이해를 맞이한다.[47] 심지어 이때는 실존적 비약을 비판하는 일조차 더 이상 중요하지 않다. 왜냐하면 실존적 비약은 인간 태도의 변천사를 그린 해묵은 벽화에서 제자리를 찾아 돌아갈 것이기 때문이다. 의식이 또렷한 관객의 눈에는 그러한 비약 또한 부조리하다. 비약이 역설을 해소한다고 믿는 순간, 그것이 역설을 복원하니까 말이다. 이런 까닭에 비약은 감동적이다. 이런 까닭에 모든 것은 제자리를 되찾고, 부조리의 세계

---

46 본명이 에밀-오귀스트 샤르티에(Émile-Auguste Chartier, 1868-1951)인 프랑스 철학자 알랭(Alain)은 데카르트적 전통을 따르는 합리주의자로서 체계의 사슬에서 풀려난 사유를 강조했다.

47 '등가성'이란 카뮈가 역설하는 소위 '가치의 평준화', 즉 세상 만물의 가치는 동일하다는 생각을 가리킬 것이다. 이 등가성이 바야흐로 부조리 인간들에게 폭넓게 이해되리라는 것이 이 문장의 뜻으로 보인다. 각주 34번을 참고할 것.

는 찬란하고 다양한 모습으로 되살아난다.

그러나 발걸음을 멈추는 것은 좋지 않다. 게다가 세계를 단 한 가지 방식으로만 바라보기란, 즉 아마도 정신의 가장 정묘한 힘인 모순을 외면하기란 쉬운 일이 아니다. 지금까지 우리는 사유 방식을 정의하는 데 몰두했다. 이제 문제는 실제로 삶을 사는 것이다.

에드바르 뭉크, 〈생의 춤〉, 1899-1900년

부조리
인간

스타브로긴은 믿을지라도, 자기가 믿는다는 사실을 믿지 않는다.
스타브로긴은 믿지 않을지라도, 자기가 믿지 않는다는 사실을 믿지 않는다.

— 『악령』 —

"나의 관심사는 시간이다"라고 괴테는 말했다. 이것이야말로 부조리한 말이다. 부조리 인간이란 과연 누구인가? 그는 영원성을 부정하지 않으나 영원성을 추구하지는 않는다. 영원성을 향한 동경이 그에게 생소하기 때문이 아니라, 영원성보다는 자신의 용기와 추론을 선택하기 때문이다. 용기는 그에게 구원의 호소 없이 지금 가진 것에 자족하면서 살아가는 법을 가르쳐주고, 이성은 그의 한계를 가르쳐준다. 기한이 정해진 자유, 미래가 없는 반항, 끝내 소멸할 의식을 자각하는 그는 살아 있는 동안 자신의 모험을 추구한다. 바로 거기에 그의 관심사가 있고, 바로 거기에 자신의 판단 외에 그 누구의 판단에도 맡기지 않는 그의 행동이 있다. 더 큰 삶이란 그에게 또 다른 삶을 의미하지 않는다. 또 다른 삶을 가정하는 일은 불성실한 짓이리라. 심지어 후세라고 불리는 덧없는 영원성도 마찬가지이다. 롤랑 부인[48]은 자신에 대

---

48 마농 롤랑(Manon Roland, 1754-1793). 프랑스 대혁명 시대에 '지롱드파 여왕'이라 불렸던 혁명 지도자이다. 로베스피에르의 공포정치로 39세의 젊은 나이에 처형당했다.

한 평가를 후세에 맡겼다. 하지만 이런 불찰에는 교훈이 따랐다. 후세인들은 그녀의 글을 즐겨 들먹이지만, 그녀를 진지하게 평가하지는 않는다. 롤랑 부인은 후세인들의 관심 밖에 있는 인물인 것이다.

도덕에 대해 장광설을 늘어놓지는 않겠다. 어쨌든 나는 소위 유덕한 사람들의 잘못된 행동을 종종 목격하며, 정직한 사람에게는 규칙이 필요하지 않다는 사실을 날마다 확인한다. 어떤 면에서 부조리 인간이 중요성을 인정할 수 있는 도덕은 하나뿐인데, 그것은 신의 개념에서 분리되지 않는 도덕, 신의 율법에 맞추는 도덕이다. 그러나 부조리 인간은 정히 신의 바깥에서 산다. 이 밖의 (반도덕주의를 포함하여) 다른 도덕에 관한 한, 부조리 인간은 거기서 자기 합리화만을 목격하거니와 그에게는 합리화할 게 아무것도 없다. 여기서 나는 부조리 인간의 무죄라는 원리에서 출발하고자 한다.

이 무죄는 가공할 만하다. "모든 것이 허용되어 있다"라고 이반 카라마조프[49]는 외친다. 이 말 또한 부조리한 울림을 지닌다. 하지만 그런 울림을 느끼기 위해서는 통속적인 해석에서 벗어나야 한다. 사람들이 이 점을 눈여겨보았는지 모르겠지만, 여기서 문제는 해방과 기쁨의 외침이 아니라 쓰라린 확인이다. 인생에 의미를 부여해줄 신이 존재한다는 확신은 벌을 받지 않고 악을 행할 수 있는 능력보다 훨씬 더 매혹적이다. 이 확신과 능력 중에 하나를 선택하기란 어렵지 않다. 그러나 선택의 여지가 없기에 쓰라린 고통이 시작된다. 부조리는 우

---

49 도스토옙스키의 장편소설 『카라마조프가의 형제들』에 나오는 무신론적 허무주의자로서, 세 형제 중 둘째이다.

리를 해방하는 게 아니라 우리를 결박한다. 부조리가 모든 행동을 허용하는 것은 아니다. 모든 것이 허용되어 있다는 것은 아무것도 금지되어 있지 않다는 의미가 아니다. 부조리는 단지 여러 행동의 결과에 등가를 부여할 뿐이다. 부조리는 범죄를 저지르라고 권하지 않는다. 만약 그렇다면 얼마나 유치한 일이겠는가. 하지만 부조리는 후회의 무용성을 되살린다. 만일 모든 경험이 아무런 차이도 없이 등가라면, 의무의 경험도 다른 경험만큼 정당할 것이다. 우리는 변덕이 일어 덕을 행할 수도 있다.

모든 도덕은 하나의 행위가 그 행위를 정당화하거나 반대로 무효화하는 결과를 낳는다는 생각에 바탕을 둔다. 부조리를 의식하는 사람은 이런 일련의 결과를 냉정하게 평가해야 한다고 여긴다. 그는 대가를 치를 준비가 되어 있다. 달리 말하자면, 그가 보기에 죄인은 없지만 책임자는 있을 수 있다. 도덕적 차원에서 그는 과거의 경험을 기꺼이 해야 미래 행동을 위한 바탕으로 이용할 수 있으리라. 시간은 그다음 시간을 살리고, 삶은 그다음 삶을 섬기리라. 한계가 분명하면서도 가능성이 넘치는 이 영역에서, 명징한 정신을 제외하고 부조리 인간의 내면에 존재하는 모든 것은 예측 불가능한 것으로 보인다. 그렇다면 이 불합리한 세계에서 어떤 도덕적 규칙이 도출될 수 있겠는가? 그에게 교훈적으로 보이는 유일한 진리는 형식적인 진리가 아니다. 그 진리는 사람들 사이에서 생명력을 얻으며 퍼져나간다. 따라서 부조리 인간이 추론의 끝에서 찾을 수 있는 것은 윤리적 규칙이 아니라 구체적인 사례와 인간적 숨결이다. 아래의 몇몇 이미지가 바로 그런 것들인데, 그 이미지들은 부조리한 추론을 계속하면서 추론에 열기를 더

할 것이다.

하나의 사례가 (더욱이 부조리의 세계에서라면) 반드시 따라야 할 예시는 아니며, 하나의 예증이 반드시 따라야 할 본보기는 아니라는 사실을 군이 강조할 필요가 있을까? 루소의 책을 읽고 네 발로 기어다녀야 한다고 말하거나 니체의 책을 읽고 어머니를 학대하는 게 옳다고 주장하기 위해서는, 대단한 소명 의식을 갖춰야 할 뿐 아니라 정도의 차이는 있겠으나 우스꽝스러운 사람이 될 각오를 해야 하리라. "부조리해져야 한다. 속지 말아야 한다"라고 어느 현대 작가는 썼다. 이제 우리가 검토할 태도들은 그와 반대되는 태도를 고려할 때만 온전한 의미를 가질 수 있다. 우체국 임시 직원과 정복자는 그들의 의식 수준이 동일하다면 서로 동등하다. 이런 면에서 모든 경험은 서로 차등이 없다. 경험 중에는 인간에게 이로운 것도 있고 해로운 것도 있다. 인간이 의식을 명징하게 유지한다면, 경험은 인간에게 이롭다. 그렇지 않다면 경험은 아무런 중요성이 없다. 다시 말해 한 사람의 패배에서 판단의 대상이 되는 것은 경험이나 상황이 아니라 그 사람 자체이다.

여기서 내가 선택한 사람들은 자신을 남김없이 소진하고자 하는 사람, 또는 그렇게 한다는 것을 내가 인식하는 사람이다. 그 이상도 그 이하도 아니다. 지금으로서는 삶도 사상도 미래를 갖지 않는 하나의 세계를 이야기하고자 한다. 인간을 일하게 하고 들뜨게 하는 모든 것은 희망을 수단으로 사용한다. 그러므로 거짓되지 않은 단 하나의 사유는 미래의 결실을 희망하지 않는 불모의 사유이다. 부조리한 세계에서, 하나의 개념이나 인생의 가치는 그 불모성으로 측정된다.

돈 후안주의

사랑하는 것만으로 충분하다면 만사가 너무나 간단하리라. 더 많이 사랑할수록, 부조리는 더욱 공고해진다. 돈 후안[50]이 이 여자에게서 저 여자에게로 옮겨 다니는 것은 사랑의 결핍 때문이 아니다. 최대의 사랑을 추구하는 엽색가로 그를 상상하는 것은 우스꽝스러운 일이다. 그가 사랑의 재능을 반복적으로 발휘하며 심화할 수밖에 없는 까닭은 매번 똑같은 열정으로, 몸과 마음을 바쳐 사랑하기 때문이다. 그리하여 여자들은 저마다 그 어떤 여자도 주지 못했던 것을 그에게 주고 싶어 한다. 하지만 여자들은 매번 심히 착각하는 셈이며, 오로지 그에게 연애를 반복할 필요성을 느끼게 할 따름이다. "마침내 당신에게 사랑을 바쳤군요"라고 한 여자가 소리친다. 돈 후안이 조소하듯 이렇게 대답하는 것이 과연 놀라운 일일까? "마침내? 그게 아니지. 다시 한번이

---

50 돈 후안(Don Juan)은 카사노바와 함께 소위 '플레이보이'의 대명사로 불리는 인물이다. 18세기 이탈리아에 실존했던 카사노바와 달리, 돈 후안은 17세기 스페인의 전설 속 등장인물이다.

알베르 글레이즈, 〈발코니의 남자〉, 1912년

라오.” 왜 깊이 사랑하기 위해서 드물게 사랑해야 할까?

◇ ◇ ◇

　돈 후안은 슬픔에 젖어 있는가? 그런 것 같지는 않다. 나는 돈 후안에 관한 기록은 거의 참고하지 않을 것이다. 그 웃음, 오만방자한 거동, 그 격정, 연극적 성향, 이 모든 것은 밝고 유쾌하다. 모름지기 건강한 사람은 팔방미인이 되려는 경향이 있다. 돈 후안도 그렇다. 그러나 우울한 사람들이 우울해하는 데에는 두 가지 이유가 있다. 하나는 현실을 모르기 때문이고, 다른 하나는 미래에 대한 희망을 품기 때문이다. 돈 후안은 현실을 알고 있으며 미래에 대한 희망을 품지 않는다. 돈 후안은 자신의 한계를 알고 결코 그 한계를 넘어서지 않는 예술가들, 자신의 정신이 불안정하게 흔들릴 때도 대가의 여유를 잃지 않는 저 경이로운 예술가들을 연상케 한다. 이런 것이 바로 천재요, 자신의 한계를 아는 지성이다. 육체적 죽음에 이를 때까지 돈 후안은 슬픔을 모른다. 자신의 한계를 분명히 알게 된 순간부터 그는 웃음을 터뜨리고 모든 것을 용서한다. 미래에 대한 희망을 품었던 시절에는 슬픔이 있었다. 그러나 이제 그는 여인의 입술 위에서 쓰디쓰면서도 위안을 주는 지혜의 맛을 느낀다. 쓰디쓴 맛이라고? 하지만 극소량일 뿐이다. 행복을 더욱 실감 나게 하는 이 필요불가결한 불완전함!
　돈 후안이 「전도서」[51]에서 깊은 영향을 받은 인물이라고 주장하는

51　구약의 일부로서 인생의 허무를 주요 내용으로 다룬다.

것은 커다란 기만에 지나지 않는다. 왜냐하면 그에게는 내세의 희망에 비할 만한 허영이 없기 때문이다. 그는 하늘 자체에 맞서 내기를 함으로써 이를 증명한다. 쾌락 속에서 길을 잃은 욕망으로 인한 회한, 그런 상투적인 무력함은 돈 후안과 거리가 멀다. 그것은 자신을 악마에게 팔아치울 정도로 신을 믿었던 파우스트에게나 어울리는 것이다. 돈 후안의 경우, 문제는 훨씬 더 간단하다. 몰리나[52]의 '색마'는 지옥의 위협에 언제나 이렇게 답한다. "충분한 유예 기간만 주시기를!" 죽음 이후에는 어떤 일이 닥치든 무슨 상관이랴. 인생을 살 줄 아는 사람에게는 얼마나 기나긴 나날의 연속인가! 파우스트는 지상의 행복을 요구했다. 그 불행한 자는 그저 손을 내밀기만 하면 되었는데 말이다. 자신의 영혼을 즐겁게 할 줄 모르는 사람은 이미 그 영혼을 팔아버린 것이나 다름없다. 반대로 돈 후안은 자신의 영혼을 포식시킨다. 그가 한 여자를 떠나는 이유는 그 여자를 더 이상 욕망하지 않아서가 아니다. 아름다운 여자는 언제나 욕망의 대상이다. 그가 한 여자를 떠나는 것은 단지 다른 여자를 욕망하기 때문이다. 이 두 가지는 서로 전혀 다른 이유이다.

이 땅의 삶은 그를 완전히 만족시킨다. 그러므로 그 삶을 잃는 것보다 더 불행한 일은 아무것도 없다. 이 광인은 위대한 현자이다. 그러나 미래에 대한 희망으로 사는 사람들은 선의가 관대한 아량에, 부드러움이 남성적 침묵에, 영성체가 고독한 용기에 자리를 비켜주는 그

52　티르소 데 몰리나(Tirso de Molina, 1579-1648). 스페인 극작가로서 돈 후안이라는 신화적 인물의 이야기를 최초로 무대에 올린 것으로 유명하다.

세계에 잘 적응하지 못한다. 그들은 모두 돈 후안을 이렇게 일컫는다. "그는 약자이거나 이상주의자이거나 성자였다." 설령 그들이 보기에 돈 후안이 위대하다 해도, 타자를 모욕하는 위대함은 반드시 격하시키지 않으면 안 되기 때문이다.

사람들은 돈 후안이 떠벌리는 말이나 여자들을 유혹하기 위해 사용하는 상투적 표현에 분노를 금하지 못한다. (또는 그가 찬미하는 것을 업신여기는 공모의 웃음에 동참한다.) 그러나 쾌락의 양을 추구하는 사람에게 중요한 것은 효능뿐이다. 이미 효능이 입증된 암호를 이리저리 바꿀 필요가 있겠는가? 남자든 여자든 아무도 그 암호에 진실로 귀를 기울이지 않는다. 그들이 듣는 것은 그 암호를 말하는 목소리이다. 그 암호는 규칙이요, 관행이요, 예의이다. 그가 암호를 말하면, 그 후에 가장 중요한 일이 일어난다. 돈 후안은 이미 그에 대한 준비가 되어 있다. 왜 그가 도덕적 문제를 떠올리겠는가? 그가 고통스러워하는 것은 미워시의 마냐라[53]처럼 성자가 되려는 욕망 때문이 아니다. 그가 보기에 지옥은 사람들이 만든 인위적인 개념이다. 신의 노여움에 그는 오직 한 가지 대답을 가지고 있다. 그것은 바로 인간의 명예이다.

---

53 오스카르 미워시(Oscar Milosz, 1877-1939). 프랑스어로 작품을 쓴 리투아니아 작가이다. 그는 1913년 발표한 『미구엘 마냐라』(*Miguel Mañara*)라는 작품에서 17세기 스페인 수도사 미구엘 마냐라를 주인공으로 다루었다. 마냐라는 티르소 데 몰리나가 돈 후안과 관련한 작품을 쓸 때 영감을 준 인물이라는 설이 있다.

그는 석상이 된 기사장[54]에게 이렇게 말한다. "내게는 명예가 있소. 나는 기사이기 때문에 약속을 지킨다오." 그를 배덕자로 취급하는 것 또한 대단히 잘못된 일이다. 이 점에서 그는 "다른 모든 사람과 똑같다." 즉 그는 공감과 반감의 도덕을 지니고 있을 따름이다. 우리는 평범한 엽색가인 돈 후안의 통속적 상징성을 떠올릴 때 비로소 그를 제대로 이해하게 된다. 그는 평범한 유혹자이다.[55] 차이가 있다면 자신이 유혹자임을 의식하고 있다는 사실뿐인데, 이로 인해 그는 부조리 인간이 된다. 명징한 유혹자라고 해서 달라지는 것은 아무것도 없다. 유혹자가 그의 신분이다. 신분을 바꾸거나 더 나은 사람이 되는 건 소설에서나 가능한 일이다. 그러나 우리는 아무것도 달라지지 않은 동시에 모든 게 변했다고 말할 수 있으리라. 돈 후안이 행동으로 실천하는 것은 질을 지향하는 성자와는 반대로 양의 윤리이다. 만물의 심오한 의미 따위를 믿지 않는 것이 부조리 인간의 속성이다. 그를 환대하거나 경이로워하는 얼굴들을 돈 후안은 대수롭지 않게 쓱 보고서는 무시하

---

54 약혼자가 있는 아가씨임에도 돈 후안이 겁탈하려 한 안나의 아버지 돈 곤살로의 석상을 가리킨다. 기사장 돈 곤살로는 딸을 능욕하려던 돈 후안을 죽이려 했으나 오히려 그의 칼에 찔려 목숨을 잃는다. 우여곡절 끝에 돈 곤살로의 무덤 옆을 지나가게 된 돈 후안은 무덤 곁에 서 있는 그의 석상을 조롱하며 저녁 식사에 초대한다. 그런데 저녁 시간이 되자 돈 곤살로의 유령이 나타나 반대로 돈 후안을 저녁 식사에 초대하고, 돈 후안은 공포에 떨면서도 기사로서의 명예를 지키기 위해 초대에 응한다. 결국 돈 곤살로와 악수하는 순간, 그는 불에 타면서 지옥으로 떨어진다.

55 이 말의 완전한 의미에서, 게다가 결함까지 포함한 의미에서 그는 평범한 유혹자이다. 정상적이고 건강한 태도 '또한' 결함을 내포한다. [원주]

거나 잊어버린다. 시간은 그와 함께 흘러간다. 부조리 인간은 시간에서 분리되지 않는 인간이다. 돈 후안은 여자들을 '수집'하려 하지 않는다. 그는 최대한 많은 여자를 유혹하고, 그들과 함께 삶의 기회를 남김없이 소진한다. 수집한다는 것은 과거를 먹고 살아갈 수 있다는 뜻이다. 그러나 돈 후안은 또 다른 형태의 희망인 회한을 거부한다. 그는 초상화를 바라볼 줄 모른다.

그렇다면 그는 이기주의자일까? 어쩌면 자기 나름대로 그럴 수 있으리라. 하지만 이 또한 곱씹어볼 필요가 있다. 세상에는 살기 위해 태어난 사람도 있고, 사랑하기 위해 태어난 사람도 있다. 적어도 돈 후안은 그렇게 말하고 싶으리라. 그러나 이것은 그가 선택할 수 있는 생략적 표현일 뿐이다. 왜냐하면 여기서 말하는 사랑은 영원성의 환상으로 치장된 사랑이기 때문이다. 정열의 전문가들이 우리에게 가르쳐주듯 영원한 사랑은 온갖 장애물 속에서만 탄생한다. 투쟁 없는 정열은 없다. 그런 영원한 사랑은 죽음이라는 궁극적 모순 속에서야 비로소 끝을 맺는다. 베르테르가 되느냐 아무것도 아닌 것이 되느냐 하는 양자택일뿐이다. 여기서도 여러 자살 방법이 있다. 그중 하나는 자기 존재를 완전히 바치고 망각하는 것이다. 다른 사람들처럼 돈 후안도 그것이 감동적일 수 있다는 사실을 안다. 그러나 그는 동시에 중요한 건 그게 아님을 아는 극소수 중 하나이다. 게다가 그는 위대한 사랑 때문에 생명을 버린 사람들이 스스로는 풍요로워지겠지만, 필시 그들이 사랑한 사람을 불행하게 하리라는 사실을 안다. 어머니나 연인은 어쩔 수 없이 마음이 메마르게 되는데, 그들의 마음이 세상을 등지기 때문이다. 단 하나의 감정, 단 하나의 존재, 단 하나의 얼굴이 있어 행복했는데, 모든 것이 대번에 사라져버린 것이다. 돈 후안을 뒤흔드는 사랑은 이와는 다른 사랑이며, 그것은 여자를 풀어주는 해방의 사랑이다. 그는 세상의 모든 얼굴을 불러오고, 그의 전율은 자신이 필멸의 존재임을 안다는 사실에서 비롯된다. 돈 후안은 아무것도 아닌 것이 되기를 택한 것이다.

그에게 중요한 것은 똑똑히 보는 일이다. 우리는 책이나 전설이 알려주는 집단적 가치관에 따라 우리를 어떤 존재와 맺어주는 힘을 사랑이라고 부른다. 하지만 내가 사랑에 대해 아는 것이라고는, 나를 그런 존재와 맺어주는 것이 욕망과 애정과 지성의 혼합물이라는 사실뿐이다. 상대방이 달라지면 혼합물의 구성도 달라질 수밖에 없다. 나는 이러한 모든 경험을 똑같은 이름으로 칭할 권리가 없다. 따라서 이 경험들을 똑같은 방식으로 맞이하지 않아도 되리라. 부조리 인간은 여기서 다시 한번 그가 통일할 수 없는 현실을 다양화한다. 그리하여 그는 그와 맺어지는 사람들만이 아니라 그 자신을 해방하는 새로운 존재 방식을 발견한다. 일시적이지만 유일한 것으로 여겨지는 사랑만큼 고결한 사랑은 이 세상에 없다. 돈 후안의 삶을 꽃피우는 것은 이 모든 사랑의 죽음과 이 모든 사랑의 부활이다. 이것이 바로 그가 사랑을 베풀고 사랑을 생생하게 살리는 방식이다. 이를 두고 이기주의라고 칭할 수 있는지는 각자의 판단에 맡기고자 한다.

◇ ◇ ◇

　여기서 나는 돈 후안이 반드시 벌을 받아야 한다고 주장하는 사람들을 떠올린다. 저세상뿐 아니라 이 세상에서도. 늙은 돈 후안에 대한 그 모든 이야기, 전설, 비웃음이 생각난다. 그러나 돈 후안은 이미 모든 것을 각오하고 있었다. 의식이 살아 있는 사람에게 노화와 그 결과는 놀라운 일이 아니다. 그가 공포를 느꼈다는 사실 자체가 그의 의식이 살아 있었다는 사실을 뜻한다. 아테네에는 노화에 봉헌된 사원이 있었다. 사람들은 그곳에 아이들을 데려가곤 했다. 돈 후안의 경우, 사람들이 그를 비웃으면 비웃을수록 그의 진짜 얼굴이 더욱 뚜렷이 부각된다. 그 결과 낭만주의자들이 그에게 뒤집어씌운 얼굴은 희미해진다. 가련하게 고통받는 돈 후안, 아무도 그런 돈 후안을 비웃으려 들지 않는다. 그렇다면 사람들이 그를 동정하고, 하늘이 그를 구원하려 할까? 그렇지는 않다. 돈 후안이 예감하는 세계에는 조롱 '또한' 내포되어 있다. 그는 징벌받는 것이 당연하다고 생각하리라. 그것이 게임의 규칙이기 때문이다. 그의 고결함은 그 규칙을 송두리째 받아들였다는 사실에 있다. 하지만 그는 자신이 옳다는 것, 그것이 징벌이 아니라는 것을 안다. 요컨대 운명은 징벌이 아닌 것이다.

　돈 후안의 죄란 대체로 이와 같은 것이며, 영원성을 믿는 사람들이 그에 대한 징벌을 요구하는 것도 이해할 만하다. 그는 그들이 주장하는 모든 것을 부정하는 지식, 환상 없는 지식에 도달한다. 사랑하고 소유하기, 정복하고 소진하기, 바로 그것이 돈 후안의 인식 방법이다. (성서에 자주 쓰인 '인식하다'라는 말은 의미심장한데, 성서에서는 사랑 행위를 '인식 행위'라고 부르기 때문이다.) 돈 후안은 그들을 무시하기 때문에 그들에게 최악의 적이 된다. 한 연대기 작가는 '출생 가문 덕분에 형벌을 면한 돈 후안의 방탕과 독신(瀆神)을 끝장내기'를 바란 프란체스코 수도사들에게 '색마' 돈 후안이 살해당했다고 기록했다. 뒤이어 그들은 하늘이 벼락을 쳐서 그를 처단했다고 공언했다. 이 특이한 종말의 증거를 제시한 사람은 아무도 없었다. 그리고 그 반대를 입증한 사람도 없었다. 그것이 있을 법한 일인지는 논외로 하더라도, 나는 적어도 그것이 논리적이라고 말할 수 있다. 여기서 나는 전술한 '출생'이라는 말에 각별히 주목해 말장난을 해보고 싶다. 이를테면 그의 무죄를 보증해준 것은 다름 아닌 그의 삶이었다. 오직 그의 죽음만이 이제는 전설이 된 그의 유죄가 도출되는 유일한 뿌리였다.

감히 인간 주제에 스스로 생각하기를 감행한 돈 후안의 피와 용기를 징벌하기 위해 몸을 움직인 그 차디찬 석상, 돌의 기사장[56]은 도대체 무엇을 뜻하는가? 그것은 '영원한 이성'과 질서, 보편 도덕의 모든 권능, 언제라도 분노를 터뜨릴 수 있는 신의 기이한 위대성을 뜻한다. 영혼 없는 이 거대한 돌덩이는 돈 후안이 영원히 부정한 권능을 상징할 따름이다. 그러나 돌의 기사장이 부여받은 사명은 거기서 끝난다. 사람들이 필요에 따라 불러낸 번개와 천둥도 인공의 하늘로 되돌아간다. 진정한 비극은 천둥 번개와 무관하게 연출된다. 그렇다, 돈 후안이 죽는 것은 석상과 악수했기 때문이 아니다. 나는 존재하지 않는 신에 도전하는 건강한 인간의 오만한 웃음, 그 전설적인 허세를 기꺼이

---

56 돈 후안이 죽인 돈 곤살로의 석상을 가리킨다. 각주 54번을 참고할 것.

믿는다. 그러나 나는 돈 후안이 안나의 집에서 기다리던 그날 밤에 기사장은 오지 않았다는 것을, 자정이 지나자 돈 후안이 자기 확신이 강한 사람 특유의 혹독한 좌절감을 느꼈으리라는 사실을 믿는다. 또한 나는 그가 생을 마감하기 위해 수도원에 은거했다는 이야기를 기꺼이 받아들인다. 그 이야기의 교훈적 측면이 그럴 법하게 느껴져서가 아니다. 돈 후안이 신에게서 무슨 피난처를 구한다는 말인가? 오히려 수도원 은거는 부조리로 점철된 삶의 논리적 귀결을, 내일 없는 환희를 지향한 존재의 극적인 결말을 가리킨다. 즉 여기서 쾌락이 금욕으로 완결되는 것이다. 쾌락과 금욕은 동일한 결말의 두 얼굴이 될 수 있다는 사실을 이해해야 한다. 육체가 완전히 허물어진 한 남자의 이미지, 제때 죽지 못했기에 허공 앞에 무릎을 꿇고 깊이도 없는 무언의 하늘을 향해 두 팔을 벌린 채, 찬양하지도 않는 신과 얼굴을 마주하고 삶을 섬겼듯 신을 섬기며 종말이 올 때까지 연극을 계속해야 하는 한 남자의 이미지, 이보다 더 끔찍한 이미지를 또 어디서 찾을 수 있을까.

스페인의 외딴 언덕 위 어느 수도원 골방에 앉아 있는 돈 후안의 모습이 눈에 보이는 듯하다. 그가 무엇인가를 바라본다면, 그것은 이제는 사라진 숱한 사랑의 환영이 아니라 아마도 불타는 총안(銃眼)을 통해 보이는 스페인의 어느 고요한 평원, 자기 모습이 어른거리는 가운데 찬란하게 빛나는 영혼 없는 대지일 것이다. 그렇다. 우울하면서도 눈부신 이 이미지에서 멈추는 게 좋겠다. 궁극의 종말, 기다렸으나 결코 원하지는 않은 궁극의 종말은 참으로 경멸할 만한 것이므로.

연극

"연극, 그것이야말로 내가 왕의 의식을 낚아챌 덫이로다"라고 햄릿은 말했다. 낚아챈다는 표현은 매우 적절하다. 의식이란 재빨리 지나가버리거나 금세 움츠러들기 때문이다. 의식이 날아가면서 스스로에게 순식간의 시선을 던지는 그 형언할 수 없이 짧은 순간에 의식을 낚아채지 않으면 안 된다. 일상적 인간은 뒤처지는 것을 좋아하지 않는다. 모든 것이 그를 재촉한다. 그러나 동시에 그는 무엇보다도 자신에게, 특히 미래의 자기 자신에게 관심을 가진다. 연극이나 볼거리에 대한 취미가 바로 거기서 생겨난다. 그곳에서는 수많은 운명이 그에게 제시되지만, 그는 쓰라린 고통 없이 시적 향취만을 즐길 수 있다. 여기서 우리는 적어도 인간의 무의식적인 모습을 보게 되는데, 그는 무엇인지 모를 희망을 향해 끊임없이 발걸음을 서두른다. 부조리 인간은 희망이 끝나는 지점에서, 남의 연기를 찬양하기를 멈추고 자신이 직접 연극 속으로 뛰어드는 그 지점에서 비로소 시작된다. 그 모든 삶 속으로 침투하고 그 모든 삶을 다채롭게 경험하는 것, 그것이 엄밀한 의미에서 그 모든 삶을 연기하는 것이다. 나는 배우라면 일반적으로 이런 요구에 응하면서 부조리 인간이 된다고 말하는 게 아니라, 그들의 운명이 명징한 감성을 유혹하고 매혹할 수 있는 부조리한 운명이라고 말하고자 한다. 지금부터 개진할 이야기를 오해 없이 이해하려면, 그 점을 미리 짚어둘 필요가 있다.

배우는 필멸의 세계에서 군림한다. 알다시피 배우의 영광은 모든 영광 가운데 가장 덧없다. 적어도 일상적인 대화에서 사람들은 그렇게 말한다. 그러나 실은 모든 영광이 덧없는 것이다. 천랑성에서 내려다본다면 괴테의 작품도 만 년 후에는 먼지로 변할 것이고, 그의 이름도 까맣게 잊힐 것이다. 어쩌면 몇몇 고고학자가 우리 시대의 '증거물'을 찾으려 할지도 모른다. 이런 생각은 언제나 교훈적인 면이 있다. 생각에 깊이 젖다 보면, 우리의 요란한 일상생활이 초연하게 진정되고 고상한 깊이에 이르기도 한다. 특히 이런 생각은 우리의 관심을 가장 확실한 대상, 즉 가장 즉각적인 대상으로 돌린다. 모든 영광 가운데 가장 덜 기만적인 것은 우리가 생활에서 직접 겪을 수 있는 영광이다.

그러므로 배우는 그가 열정적으로 체험할 수 있는 무수한 영광을 택한다. 세상 만물은 언젠가 소멸하기 마련이라는 사실에서 최선의 결론을 끌어내는 사람이 바로 배우이다. 배우는 성공하든가 성공하지 못하든가, 그뿐이다. 작가는 인정받지 못할 때도 희망을 간직한다. 그는 자기 작품이 그가 누구였는지를 증언해주리라고 상상한다. 배우는 기껏해야 한 장의 사진을 남길 것이고, 그의 존재 가운데 아무것도, 예컨대 몸짓도 침묵도 짧은 숨결도 사랑의 탄식도 우리에게 전해지지 않을 것이다. 배우의 경우 알려지지 않는다는 것은 연기하지 않는다는 것이며, 연기하지 않는다는 것은 그가 생명을 불어넣거나 새롭게 되살렸을지도 모를 모든 존재와 함께 수백 번 죽는다는 것이다.

　필멸의 영광이 가장 덧없는 피조물 위에서 실현된다는 사실을 깨닫는다고 해서 뭐 그리 놀라울 게 있을까? 배우는 세 시간 동안 이아고 또는 알세스트, 페드르 또는 글로스터가 된다.[57] 그 짧은 변신으로 배우는 50제곱미터의 무대 위에서 그들을 태어나게 하고 죽게 한다. 부조리가 이토록 훌륭하게, 이토록 오래도록 구체적으로 나타나는 사례는 결코 없다. 사방의 벽에 갇힌 채 몇 시간 동안 증폭되고 완결되는 그 경이로운 인생들, 그 유일하고 완전한 운명들, 이보다 더 계시적인 부조리의 축도(縮圖)를 또 어디서 찾을 수 있을까? 무대를 벗어나면 세히스문도[58]는 더 이상 아무것도 아니다. 두 시간 후면 시내에서 저녁 식사하는 그의 모습이 보인다. 아마도 인생이 하나의 꿈처럼 여겨지는 것은 바로 이런 때일 것이다. 그러나 세히스문도에 뒤이어 또 다른 세히스문도가 등장한다. 결단을 내리지 못하고 괴로워하는 인물이 원수를 갚은 후에 울부짖는 인물을 대체하는 것이다. 이처럼 여러 세기와 여러 정신을 편력한 배우, 실제 그대로의 인간과 아마도 그렇게 될 수 있는 인간을 모방한 배우는 나그네라는 또 다른 부조리 인물과 합류한다. 나그네처럼 배우는 무엇인가를 소진하고 끊임없이 편력한다. 배우는 시간의 나그네요, 최상의 경우 영혼들에게 쫓기는 나그네

57　이아고는 셰익스피어의 『오셀로』에, 알세스트는 몰리에르의 『인간 혐오자』에, 페드르는 라신의 『페드르』에, 글로스터는 셰익스피어의 『리어왕』에 등장하는 인물이다.

58　세히스문도는 스페인 극작가 페드로 칼데론 데 라 바르카(Pedro Calderón de la Barca, 1600-1681)의 대표작 『인생은 꿈입니다』의 주인공이다.

이다. 만일 양(量)의 도덕이 양식(糧食)을 발견할 수 있다면, 그것은 저 특이한 무대 위에서일 것이다. 배우가 자신이 연기하는 인물들에게서 얼마나 이득을 얻는지는 말하기 어렵다. 그러나 중요한 것은 거기에 있지 않다. 문제는 배우가 그 대체 불가능한 삶에 얼마나 동화되는지 아는 데 있다. 실제로 배우가 일상생활에서 등장인물들의 삶을 지니고 다니는 일이, 다시 말해 그 인물들이 자기가 태어난 시간과 공간을 살짝 넘어서는 일이 발생하기도 한다. 역할에서 쉽사리 빠져나오지 못하는 배우를 인물들이 동행하는 것이다. 예컨대 배우가 유리컵을 들어 올릴 때 술잔을 들어 올리는 햄릿의 동작을 재현하는 일이 생긴다. 그렇다. 배우가 되살리는 인물과 배우를 분리하는 거리는 그렇게 멀지 않다. 그리하여 배우는 실제 그대로의 인간과 소망하는 대로의 인간 사이에 경계가 사라지는 지극히 풍요로운 진실을 매월 또는 매일 유감없이 보여준다. 얼마나 능란하게 외양이 실재를 창출하는가, 이것이 늘 형상화를 더 잘하는 데 몰두하는 배우가 증명하려는 것이다. 왜냐하면 절대적으로 변신하는 것, 그의 삶이 아닌 다른 삶 속으로 최대한 깊이 들어가는 것, 그것이 바로 그의 예술이기 때문이다. 그의 노력이 끝에 이르면 그의 사명이 밝혀진다. 즉 온 마음을 다해 아무것도 되지 않거나 여러 인물이 되는 것이다. 인물을 창조하는 데 부여된 한계가 크면 클수록 배우의 재능이 더욱더 크게 요구된다. 배우는 오늘 그의 것이 된 얼굴로 세 시간 후에 죽을 것이다. 단 세 시간 만에 그는 하나의 특별한 운명 전체를 경험하고 표현해야 한다. 이것이 바로 자신을 되찾기 위해 자신을 잃는다는 것이다. 이 세 시간 내에, 배우는 관객이 평생에 걸쳐 거치는 출구 없는 길을 끝까지 가야만 한다.

앙드레 로테, 〈기항〉, 1913년

◇ ◇ ◇

　필멸의 세계를 모방하는 배우는 오직 외관 속에서 자신을 단련하고 완성한다. 연극의 규약은 오직 동작과 몸으로, 혹은 육체인 동시에 영혼인 목소리로 인간의 마음을 표현하고 이해시키는 데 있다. 이 예술의 법칙에 따르면 모든 것을 육신으로 빚어 전달해야 한다. 만약 현실에서 사랑하듯 무대에서 사랑한다면, 그 무엇으로도 대체할 수 없는 마음의 목소리로 무대에서 말한다면, 현실에서 대상을 응시하듯 무대에서 대상을 바라본다면, 그때 우리의 언어는 마치 암호처럼 해독하기 어려우리라. 무대에서는 침묵도 관객의 귀에 들려야 한다. 사랑은 어조가 높아져야 하고, 꼼짝하지 않는 부동의 순간조차 구경거리가 되어야 한다. 무대에서는 육체가 왕이다. 누구나 '연극적'일 수는 없으며, 지금까지 평가절하되어온 이 '연극적'이라는 말은 하나의 미학 전체를, 하나의 도덕 전체를 포괄한다. 인간 삶의 절반은 암시하고 얼굴을 돌리고 침묵하는 데 할애된다. 배우는 여기서 침입자이다. 그가 사슬에 묶인 저 영혼에게서 마법을 풀어주자, 마침내 여러 정념이 무대 위로 쇄도한다. 정념은 온갖 몸짓을 통해 드러나고, 외침을 통해서만 생기를 발한다. 이처럼 배우가 자기 인물들을 형상화하는 것은 관객의 눈앞에 생생하게 되살리기 위해서이다. 그는 인물들을 그리거나 조각하고, 인물들의 상상적 형상 속으로 흘러 들어가 그의 피를 인물들의 환영(幻影)에게 수혈한다. 당연히 지금 나는 위대한 연극, 즉 배우에게 그의 육체적 운명을 채울 기회를 제공하는 위대한 연극에 대해 말하고 있다. 셰익스피어를 보라. 이 최초의 충격적인 연극에서 춤을 끌어내는 것은 육체의 광란이다. 이 육체의 광란이 모든 걸 설명한다. 육체의 광란 없이는 모든 게 무너지리라. 코델리아를 추방하고 에드거를 단죄하는 난폭한 행동이 없었더라면 리어왕은 절대로 광기에 빠지지 않았으리라. 이 비극이 전반적으로 광기의 분위기 속에 전개되는 것은 지극히 당연한 일이다. 영혼들은 악마들과 그들의 무도(舞蹈)에 내맡겨진다. 자그마치 넷이나 되는 광인, 하나는 역할 때문에, 다른 하나는 의지 때문에, 나머지 둘은 고통 때문에 미쳐버린 것이다. 요컨대 똑같은 인간 조건으로 몸부림치는 네 육체, 말로 표현할 수 없을 정도로 일그러진 네 얼굴이다.

　인간의 육체만으로는 충분치 않다. 가면과 반장화, 얼굴을 본질적 요소로 만드는 분장, 인물을 과장하는 동시에 단순화하는 의상… 모든 걸 외관에 바치는 이런 세계는 오로지 눈을 위해 만들어진다. 부조리한 기적으로, 여기서도 인식을 가져오는 것은 다름 아닌 육체이다. 내가 이아고 역을 연기해보지 않는다면 나는 결코 이아고를 이해하지 못하리라. 그의 말을 귀로 들어봤자 소용없다. 그를 눈으로 볼 때, 그때 비로소 나는 그를 파악한다. 부조리한 인물을 연기하는 배우는 변화가 심하지 않은 단조로운 분위기, 이를테면 그가 이 인물 저 인물을 통해 계속 보여주는 독특하고 집요한 실루엣, 낯선 동시에 친숙한 실루엣을 가진다. 요컨대 위대한 연극 작품은 단일한 톤을 선호한다.[59]

59　여기서 나는 몰리에르의 알세스트를 생각한다. 모든 것이 지극히 단순하고 분명하고 저열하다. 알세스트 대 필랭트, 셀리멘 대 엘리앙트, 자신의 종말을 향해 떠밀리는 한 인물의 부조리한 결론 속에 담긴 핵심 주제, 단조로운 인물처럼 운율이 거의 없는 소위 '고약한 문체'가 그 점을 잘 보여준다. [원주]

그런데 배우가 자가당착에 빠지는 것은 바로 여기서이다. 즉 동일하면서도 몹시 다양한 배우의 모순, 단 하나의 육체로 그토록 많은 영혼을 요약하는 배우의 모순 말이다. 모든 걸 성취하고 모든 삶을 살아보고자 하는 그 개인, 그 헛된 시도, 그 부질없는 고집이야말로 부조리한 모순 그 자체이다. 그렇지만 모순을 이루는 것이 언제나 배우 안에서 통일을 이룬다. 배우는 육체와 정신이 서로 만나 포옹하는 지점, 실패에 지친 정신이 자신의 가장 충실한 동지, 즉 육체를 향해 되돌아가는 지점에 자리하고 있다. 햄릿은 이렇게 말했다. "운명의 손가락이 제멋대로 노래하게 하는 피리, 그런 피리가 되지 않을 정도로 피와 판단력이 절묘하게 뒤섞인 이들은 축복받을지어다."

지금까지 살펴본 배우의 행동을 교회가 어찌 단죄하지 않았겠는가? 교회는 연극이라는 예술에서 벌어지는 이단적인 영혼의 증식, 타락한 감정, 단 하나의 운명만 살기를 거부하고 온갖 무절제한 방탕으로 뛰어드는 정신의 저속한 오만을 배척했다. 교회는 배우들의 내면에서 현재를 중시하는 취향과 프로테우스의 승리[60]를 몰아내고자 했는데, 이런 취향과 승리는 교회의 가르침을 송두리째 부정하는 것이었다. 영원이란 유희의 대상이 아니다. 영원보다 연극을 선호할 정도로 몰상식한 정신은 구원의 기회를 잃은 셈이다. '어디서나'와 '언제

---

60 포세이돈의 아들 프로테우스는 바다의 신으로서 변신에 능했다.

나' 사이에는 타협점이 없다. 따라서 이 하찮은 직업이 엄청난 정신적 갈등을 불러일으킬 수 있는 것이다. 하지만 "중요한 것은 영원한 생명이 아니라 영원한 생기이다"라고 니체는 말했다. 필경 일체의 드라마는 이 둘 사이의 선택에 있다.

여배우 아드리엔 르쿠브뢰르[61]는 임종의 침상에서 고해성사와 성체배령을 원했지만, 자기 직업을 공식적으로 부인하기를 거부했다. 그리하여 그녀는 고해성사의 은혜를 입지 못했다. 이것이야말로 신에 맞서 자신의 심오한 열정을 선택한 행위가 아니고 무엇일까? 이 여인은 임종의 고통을 겪으면서도 자신의 예술을 부인하기를 눈물로 거부함으로써 일찍이 무대에서도 도달하지 못한 위대함을 증명했다. 그것은 그녀가 맡은 가장 어려우면서도 가장 아름다운 역할이었다. 하늘과 하찮은 충실성 사이에서 선택하기, 영원보다 자신을 중시하기나 신의 품으로 빠져들기, 이런 문제는 헤아릴 수 없이 오래된 비극의 일부를 이룬다.

당시 배우들은 자신이 파문당한 존재임을 알고 있었다. 이 직업에 들어선다는 것은 곧 지옥을 택한다는 것이었다. 교회는 그들을 최악의 적으로 간주했다. 몇몇 문인은 이렇게 분개하며 항의한다. "뭐라고? 몰리에르에게 최후의 구원을 거부하다니!" 하지만 그것은 당연한 일이었다. 무대에서 죽은 그 사람, 얼굴에 분을 바른 채 존재의 분산에 바친 생을 마감한 그 사람에게는 특히 그러했다. 이 같은 단죄에

---

61 아드리엔 르쿠브뢰르(Adrienne Lecouvreur, 1692~1730). 18세기 초엽 코미디 프랑세즈의 대표적인 여배우로서 엄청난 대중적 인기를 누렸다.

대해 사람들은 모든 걸 용서받는 천재를 내세운다. 그러나 천재는 아무것도 용서받지 못하는데, 왜냐하면 천재란 용서를 거부하기 때문이다.

따라서 배우는 어떤 벌이 자기에게 예정되어 있는지를 알고 있었다. 그러나 삶 자체가 그에게 준비한 마지막 징벌에 비한다면 그토록 막연한 위협이 무슨 의미를 지닐 수 있었을까? 그가 앞질러 느끼고 통째로 받아들인 것은 바로 그 마지막 징벌이었다. 부조리 인간처럼 배우에게도 때 이른 죽음은 치명적이다. 죽음으로 인해 그가 편력하지 못한 수많은 얼굴과 수많은 시간을 보상할 수 있는 것은 아무것도 없다. 어쨌든 문제는 죽는다는 사실이다. 배우는 사방에서 자기 존재를 드러내지만, 결국 시간이 그를 데려가고 그에게 위력을 발휘한다.

그러므로 배우의 운명이 무엇을 뜻하는지를 느끼기 위해서는 약간의 상상력을 발휘하는 것만으로 충분하다. 배우가 자기 인물들을 줄지어 형상화하는 것은 시간 속에서이다. 배우가 그 인물들을 지배하는 법을 배우는 것 또한 시간 속에서이다. 그가 다른 삶을 다양하게 살면 살수록, 그는 그 다른 삶으로부터 더욱 쉽게 분리된다. 무대에서도 세상에서도 죽어야만 하는 시간이 찾아온다. 그가 살고 겪은 것이 그의 면전에 있다. 그는 똑똑히 본다. 그는 이 모험이 지닌 고통스럽고 대체 불가능한 무엇인가를 느낀다. 이제 그는 죽을 줄도 알고 죽을 수도 있다. 죽음은 늙은 배우들을 위한 은신처이다.

파울 클레, 〈강렬한 꿈〉, 1929년

정복

정복자는 이렇게 말한다. "그런 것이 아니다. 내가 행동을 좋아하기 때문에 생각하는 법을 잊어버릴 수밖에 없었다고 여기지 말라. 그 반대로 나는 내가 믿는 대상을 완벽하게 정의할 수 있다. 왜냐하면 나는 그 대상을 더없이 굳게 믿고 있으며, 확실하고 분명하게 보고 있기 때문이다. '이건 내가 너무나 잘 아는 것이기에 뭐라 표현할 길이 없다'고 말하는 사람을 경계하라. 말로 표현할 수 없다면 그걸 알지 못하거나 게으름 탓에 실체를 파악하지 못했기 때문이다."

내게는 의견이 그다지 많지 않다. 인생의 종착점에서 인간은 자신이 단 하나의 진리를 확인하기 위해 여러 해를 보냈다는 사실을 깨닫게 된다. 그러나 단 하나의 진리라도 명징하기만 하다면 삶의 지표로 삼기에 족하리라. 나에게는 개인에 대해 진정 무엇인가 할 말이 있다. 그에 대해서는 다소 거칠게, 필요하다면 적당히 경멸조로 이야기하지 않으면 안 된다.

한 인간은 그가 말하는 것들보다 그가 침묵하는 것들로 더욱 인간다워진다. 나는 많은 것을 침묵하고자 한다. 그러나 지금까지 개인을 평가한 모든 사람이 평가를 가능하게 하는 경험을 우리보다 훨씬 더 적게 했으리라고 나는 확신한다. 지성, 감동적인 지성은 어쩌면 무엇을 확인해야 하는지 예감했을지도 모르겠다. 그러나 시대와 시대의 잿더미와 시대의 피는 우리에게 명백한 사실을 넘치도록 제공한다. 고대 사람들, 심지어 우리의 기계 시대에 가장 가까운 근대 사람들도 개인의 미덕과 사회의 미덕을 비교하고 둘 중 어떤 것이 다른 것에 봉사해야 하는지를 고민할 수 있었다. 그것이 가능했던 것은 우선 때로는 인간이 봉사하기 위해 태어났다고 생각하게 하고, 때로는 봉사받기 위해 태어났다고 생각하게 하는 마음의 지속적인 유동성 덕분이었다. 또한 개인도 사회도 아직 충분히 성숙하지 않았기 때문에 가능했다.

나는 양식 있는 사람들이 피비린내 나는 플랑드르 전쟁의 와중에 태어난 네덜란드 화가들의 걸작에 감탄하는 모습을, 30년 전쟁의 한복판에서 성장한 슐레지엔 신비주의자들의 기도문에 감동하는 모습을 보았다. 놀라움을 금하지 못하는 그들의 눈에는 영원한 가치가 속세의 소란 위로 떠돈다. 하지만 그 후로 많은 시간이 흘렀다. 오늘날의 화가들은 그러한 평온을 박탈당했다. 설령 그들이 조물주에게 필요한 가슴, 즉 메마른 가슴을 지니고 있다 하더라도 아무런 소용이 없는데, 왜냐하면 오늘날에는 모든 사람이, 심지어 성자조차 강제 동원되어 있기 때문이다. 어쩌면 바로 이것이 내가 가장 뼈저리게 느낀 사실이리라. 참호 속에서 하나의 형상이 쓰러질 때마다, 총칼 아래에서 하나의 윤곽, 하나의 은유 또는 하나의 기도문이 부서질 때마다 영원성이 게임에서 패하는 셈이다. 나는 나의 시대에서 분리될 수 없음을 알기에 나의 시대와 한 몸이 되기로 결심했다. 내가 개인을 이렇게 중시하는 것은 오늘날 개인이 너무나 하찮은 존재, 모욕당한 존재로 보이기 때문이다. 오늘날 승리할 대의가 없음을 알기에 나는 패배할 대의를 자원해서 선택했다. 하지만 승리할 때처럼 패배할 때도 대의를 위해 온 영혼을 송두리째 바쳐야 한다. 이 세계에 연대를 느끼는 사람은 옛 문명과 새 문명의 충돌을 몹시 고통스러워한다. 나는 그 고통을 나의 고통으로 삼는 동시에 거기서 나의 역할을 다하고자 했다. 역사와 영원 가운데 나는 역사를 선택했는데, 왜냐하면 구체적인 확실성을 사랑하기 때문이다. 내가 보기에 적어도 역사는 확실하다. 지금 나를 짓누르는 이 힘을 어떻게 부정할 수 있겠는가?

초월적인 명상과 구체적인 행동 사이에서 선택해야 하는 순간이 늘 찾아온다. 인간이 된다는 것은 바로 그런 것이다. 이런 분열의 고통은 끔찍하다. 그러나 긍지에 찬 가슴에 중간이란 있을 수 없다. 신이냐 시간이냐, 십자가냐 칼이냐의 문제가 있을 뿐이다. 이 세계에는 지상의 소란을 초월하는 지고한 의미가 있든가, 아니면 지상의 소란 외에는 아무것도 진실한 것이 없든가 둘 중 하나이다. 시간과 더불어 살고 시간과 더불어 죽어야 하든가, 아니면 거룩한 삶을 위해 시간에서 벗어나야 하든가 둘 중 하나이다. 나는 우리가 타협할 수 있고 시간 속에 살면서 영원을 믿을 수 있음을 안다. 동의[62]한다는 것이 바로 그런 것이다. 나는 이 말을 혐오하며, 전부 아니면 무(無)를 원한다. 내가 행동을 선택할 때, 명상이 내게 미지의 땅으로 남아 있으리라고 생각하

---

62 카뮈가 말하는 '동의'에 대해서는 각주 23번을 참고할 것.

지 말라. 명상은 내게 전부를 줄 수 없으며, 영원을 믿지 않는 나는 시간과 한편이 되고자 한다. 나는 아련한 향수도 쓰라린 기억도 생각하고 싶지 않으며, 단지 분명히 보고 싶을 뿐이다. 장담하건대 내일 당신은 동원될 것이다. 당신에게도 내게도 그것은 일종의 해방을 뜻한다. 개인은 아무것도 할 수 없기도 하고, 모든 걸 할 수 있기도 하다. 이 경이로운 가용성을 고려할 때 당신은 왜 내가 개인을 찬미하는 동시에 압살하는지 이해하리라. 개인을 짓누르는 것은 세계이고, 개인을 해방하는 것은 나다. 나는 개인에게 모든 권리를 부여한다.

정복자들은 행동이 그 자체로는 무용하다는 사실을 안다. 유용한 행동은 단 하나밖에 없는데, 그것은 인간과 대지를 개조하는 행위이다. 나는 인간을 결코 개조하지 못하리라. 하지만 '마치 그럴 수 있는 것처럼' 행동해야 한다. 왜냐하면 투쟁의 길에서는 필연적으로 육체를 만나기 때문이다. 심지어 모욕받은 육체라 해도, 육체는 내게 유일하게 확실한 것이다. 나는 오직 육체로만 살아갈 수 있다. 피조물의 세계가 나의 조국이다. 내가 이처럼 부조리하고 비효율적인 노력을 선택한 까닭이 바로 여기에 있다. 내가 이처럼 투쟁의 편에 선 까닭이 바로 여기에 있다. 이미 말했듯, 시대가 그런 선택과 투쟁에 조응한다. 지금까지 정복자의 위대함은 지리적인 것이었다. 그 위대함은 정복한 땅의 넓이에 따라 측정되었다. 정복자라는 말이 뜻이 달라지고, 더 이상 개선장군을 지칭하지 않게 된 것은 우연이 아니다. 위대함은 진영을 바꾸었다. 이제 위대함은 항의와 내일 없는 희생에 존재한다. 물론 패배 취미가 있어서 그런 것은 아니다. 당연히 승리가 바람직하리라. 하지만 단 하나의 승리가 있을 뿐이며, 그것은 영원한 승리이다. 게다가 그것은 결코 내가 거둘 수 없는 승리이다. 나는 이 사실에 부딪히는 동시에 매달린다. 최초의 현대적 정복자인 프로메테우스의 혁명을 비롯하여 모름지기 혁명이란 언제나 신들에 맞서 완성되는 것이다. 그것은 자신의 운명에 맞선 인간의 권리 주장이거니와, 빈자의 권리 주장이라는 말은 빌미에 지나지 않는다. 그러나 나는 그 정신이 역사적 행동으로 나타날 때만 그 정신을 파악할 수 있고, 그에 합류할 수 있다. 그렇지만 내가 거기에 안주한다고 생각하지는 말라. 이를테면 나는 본질적인 모순 앞에서도 나의 인간적인 모순을 유지한다. 나는 나의 명증성을 부정하는 것 한복판에 나의 명증성을 자리 잡게 한다. 나는 인간을 압살하는 것 앞에서 인간을 찬미하며, 그리하여 나의 자유와 반항과 열정은 그 긴장, 그 통찰, 그 끝없는 반복 속에서 한 덩어리가 된다.

그렇다, 인간은 인간 자신의 목적이다. 그것도 유일한 목적이다. 그가 무엇인가가 되고자 한다면, 바로 이 삶 속에서이리라. 이제 나는 그것을 너무나 잘 알고 있다. 정복자들은 이따금 승리와 극복을 이야기한다. 하지만 그들이 뜻하는 것은 언제나 '자신을 극복하는 것'이다. 이 말이 무엇을 의미하는지를 당신도 잘 안다. 인간은 저마다 자신이 신에 필적한다고 여길 때가 있다. 적어도 그런 식으로 말한다. 인간 정신의 놀라운 위대함을 번개처럼 느꼈을 때 그런 일이 일어난다. 정복자들은 뭇 인간 중에서 그런 위대함을 완벽하게 의식하는 동시에,

끊임없이 그런 고지에서 살아간다고 확신할 정도로 강력한 에너지를 가진 사람들이다. 이것은 더 많으냐 더 적으냐 하는 산술의 문제일 뿐이다. 물론 정복자들이 가장 많은 일을 할 수 있다. 하지만 그들은 인간의 차원을 뛰어넘을 정도로 많은 일을 할 수는 없다. 이런 까닭에 그들은 결코 인간의 도가니를 떠나지 않으면서, 혁명의 영혼 속으로 더없이 뜨겁게 잠겨드는 것이다.

정복자들은 거기서 심신이 훼손된 피조물을 발견하기도 하지만, 그들이 사랑하고 찬미하는 유일한 가치, 즉 인간과 인간의 침묵을 만나기도 한다. 그것은 그들의 빈곤인 동시에 풍요이다. 정복자들에게는 오직 하나의 사치가 존재할 뿐인데, 그것은 인간관계이다. 상처받기 쉬운 이 세계에서 인간적인 모든 것이, 아니 오직 인간적일 뿐인 모든 것이 더욱 불타는 의미를 지닌다는 사실을 어떻게 이해하지 못하겠는가? 긴장된 얼굴들, 위협받는 동지애, 인간들 사이의 그토록 깊고 신중한 우정, 이런 것들이야말로 진정한 풍요인데, 왜냐하면 반드시 사라지는 필멸의 풍요이기 때문이다. 정신이 자신의 힘과 한계, 즉 자신의 효용성을 가장 뚜렷이 느끼는 것은 바로 이런 풍요 속에서이다. 몇몇 사람은 천재를 운위했다. 그러나 천재란 너무 성급한 표현이기에 나는 지성이라는 표현을 택하겠다. 지성은 경이로운 것이라고 말하지 않으면 안 된다. 지성은 사막을 밝히고 지배한다. 지성은 자신의 예속 상태를 알고 있으며 그것을 보여준다. 지성은 육체와 동시에 소멸할 것이다. 그러나 그런 사실을 안다는 것, 바로 거기에 지성의 자유가 있다.

◇ ◇ ◇

모든 교회가 우리를 적대한다는 사실을 우리도 모르지 않는다. 이토록 팽팽히 긴장된 가슴은 영원성을 회피하지만, 신성한 교회든 정치적 교회든 모든 교회는 영원성을 갈망한다. 행복과 용기, 월급이나 정의는 교회가 보기에 부차적인 목적일 뿐이다. 교회가 역설하는 것은 교리이며, 거기에 복종하지 않으면 안 된다. 하지만 나는 관념이나 영원성에는 아무런 관심이 없다. 나에게 어울리는 진리는 손으로 만질 수 있는 진리이다. 나는 그런 진리와 떨어질 수 없다. 당신이 나를 토대로 삼아 아무것도 세울 수 없는 이유가 바로 여기에 있다. 정복자가 가진 것 중에서 아무것도, 심지어 그의 행동 원칙조차 영속하지 않으니까 말이다.

어쨌든 그 모든 것의 끝에는 죽음이 있다. 우리는 그 사실을 알고 있다. 우리는 또한 죽음이 모든 걸 끝낸다는 사실을 알고 있다. 그러므로 유럽을 뒤덮고 있는 이 묘지들, 우리 가운데 몇 사람의 마음을 사로잡는 이 묘지들은 끔찍하기 짝이 없다. 우리는 우리가 사랑하는 것만을 미화하거니와, 죽음은 우리를 불쾌하게 하고 진력나게 한다. 죽음 역시 우리가 정복해야 할 대상이다. 페스트로 텅 비워지고 베네치아 병사들에게 포위된 파도바에 수인(囚人)처럼 갇힌 카라라의 마지막 영주는 인적 없는 궁전의 이 방 저 방을 울부짖으며 돌아다녔다. 그는 악마를 부르며 악마에게 죽음을 청했다. 그것은 죽음을 극복하는 한 가지 방법이었다. 죽음이 영광으로 여겨지는 장소를 그토록 끔찍하게 만들어버린 것 또한 서양에 걸맞은 용기의 표시이다. 반항인의 세계에서, 죽음은 불의를 유발한다. 다시 말해 죽음은 최악의 월권 행위이다.

한편 또 다른 사람들은 그들 역시 타협을 거부한 채 영원성을 택했고, 이 세계의 환상을 고발했다. 그들의 묘지는 만발한 꽃과 새들의 노랫소리에 둘러싸인 채 미소 짓고 있다. 그것은 정복자에게 걸맞은 듯하지만, 실은 정복자가 배척한 대상의 이미지를 그에게 씌우고 있다. 그 반대로 정복자는 검은 무쇠 장식이나 이름 없는 구덩이를 선택했다. 영원성을 택한 사람들 가운데 가장 훌륭한 이들은 죽음에 대한 그와 같은 이미지를 안고 살아갈 수 있는 정신들 앞에서 이따금 존경과 연민이 가득한 공포에 사로잡히곤 한다. 이런 정신은 오히려 그 소박한 이미지로부터 자신의 힘과 정당성을 끌어낸다. 우리의 운명이 우리 앞에 있고, 우리는 그 운명에 도전장을 내민다. 오만해서가 아니라 부질없는 우리의 조건을 의식하기 때문이다. 우리 역시 가끔 우리 자신에게 연민을 느낀다. 그것은 우리가 받아들일 수 있을 유일한 동정인데, 아마도 당신이 이해하지 못할 감정, 당신이 보기에 사내답지 못한 감정이리라. 그렇지만 실제로 그 감정을 느끼는 이들은 우리 가운데서도 가장 용기 있는 사람이다. 우리는 명징한 의식을 소유한 사람을 사내다운 사람이라고 부르며, 명증성을 저버리는 힘을 추호도 원하지 않는다.

다시 한번 말하건대 이 이미지들은 도덕적 의미를 제시하지 않으며, 판단을 강요하지도 않는다. 이 이미지들은 소묘이고 단지 어떤 삶의 양식을 가리킬 뿐이다. 사랑에 빠진 연인이나 배우나 모험가는 부조리를 온몸으로 살아낸다. 그러나 정숙한 사람이나 관리, 대통령도 원한다면 그렇게 할 수 있다. 진실을 알고 아무것도 숨기지 않는 것으로 족하다. 이탈리아 박물관에 가면, 사제들이 단두대를 가리기 위해 사형수의 얼굴 앞에 쳐두던 작은 그림 병풍을 볼 수 있다. 온갖 형상으로 나타낸 비약, 신성과 영원으로의 돌진, 일상이나 관념의 환상에 안주하는 체념 등을 그린 이 모든 병풍은 부조리를 숨기고 있다. 하지만 처형장에는 병풍에서 자유로운 사람들도 있었을 텐데, 내 이야기의 대상은 바로 그런 사람들이다.

　나는 가장 극단적인 삶을 사는 사람들을 택했다. 그런 사람들의 경우, 부조리는 그들에게 왕권과 같은 절대 권력을 부여한다. 물론 그들은 왕국 없는 왕자들이다. 하지만 그들의 강점은 모든 왕위가 덧없다는 사실을 안다는 데 있다. 안다는 게 그들의 위대함이므로, 감춰진 불행이나 환멸의 잿더미에 대해 말해봤자 아무 소용도 없다. 희망이 없다는 것은 절망한다는 것이 아니다. 지상의 불꽃은 천상의 향기 못지않은 가치를 지닌다. 나도, 그 누구도 여기서 그들을 판단할 수 없다. 그들은 더 나은 사람이 되고자 하는 게 아니라 일관성을 지키려고 애쓸 뿐이다. 만일 슬기롭다는 말이 자기가 가지지 않은 걸 탐하지 않고 가진 것만으로 살아가는 인간에게 적용된다면, 그들은 슬기로운 사람이다. 그들 중 한 사람, 예컨대 정신이 깨어 있는 정복자, 의식이 살아 있는 돈 후안, 지혜가 반짝이는 배우는 이러한 사실을 누구보다 잘 알고 있다. "우리가 양처럼 순하고 부드러운 삶을 완벽하게 살았다 할지라도, 지상과 하늘에서 특권을 누릴 자격은 전혀 없다. 그래 봐야 우리는 여전히 뿔이 달린 사랑스러우나 우스꽝스러운 어린 양일 뿐, 그 이상은 아니다. 우리가 허영에 들뜨지도 않았고, 심판관 같은 태도로 추문을 일으키지도 않았다는 사실을 감안하더라도 말이다."

아무튼 부조리한 추론에 좀 더 열정적인 얼굴을 부여해야 했다. 상상력을 발휘한다면 시간에 얽매여 유배되었으나 미래도 약점도 없는 세계에 발맞추어 살아갈 줄 아는 다른 많은 얼굴을 추가할 수도 있으리라. 그렇게 하면 신 없는 이 부조리한 세계는 더 이상 부질없는 희망에 기대지 않고 명징하게 사유하는 사람들로 가득 차리라. 그런데 나는 아직 그들 가운데 가장 부조리한 인물, 즉 창조자에 대해 이야기하지 않았다.

부조리한
창조

철학과 소설

부조리라는 희박한 공기 속에서 영위되는 이 모든 삶은 거기에 생명력을 불어넣는 심오하고 항구적인 사상 없이는 오래도록 지속될 수 없을 것이다. 여기서 그 사상은 충실성이라는 특별한 감정으로 요약된다. 우리는 의식이 깨어 있는 사람들이 더없이 어리석은 전쟁에서 자가당착을 느끼지도 못한 채 임무를 충실히 수행하는 사례를 본 적이 있다. 그에게 문제는 아무것도 회피하지 않는 것이었기 때문이다. 요컨대 세계의 부조리를 지탱하기 위해서는 형이상학적 행복이 필요하다. 정복이나 연기, 수없이 많은 사랑, 부조리한 반항, 이런 것은 인간이 미리부터 패한 전투에서 자신의 존엄성에 바치는 경의와 다를 바 없다.

다만 중요한 것은 전투의 규칙을 충실히 지키는 데 있다. 이 생각만으로도 정신을 살찌우기에 충분하다. 이 생각이 여러 문명을 송두리째 지탱해왔고, 또 지탱하고 있다. 우리는 눈앞의 전쟁을 부정할 수 없다. 그 전쟁으로 죽든가 살든가 해야 한다. 부조리도 마찬가지이다. 중요한 것은 부조리와 함께 살고, 부조리의 교훈을 인식하고, 부조리

반 고흐, 〈씨 뿌리는 사람〉, 1888년

의 피와 살을 발견하는 데 있다. 이런 면에서 부조리한 즐거움의 전형은 바로 창조이다. "예술, 오로지 예술, 우리는 진리로 말미암아 죽지 않으려고 예술을 가지고 있다"라고 니체는 말했다.

내가 여러 방식으로 묘사하고 공감하게 하려는 경험 속에서는, 분명히 하나의 고뇌가 사라지는 곳에서 또 하나의 고뇌가 나타난다. 어린애처럼 잊으려 애쓰거나 만족하려 해봐도 아무런 소용이 없다. 그러나 인간을 세계와 맞서게 하는 끊임없는 긴장, 인간으로 하여금 모든 걸 받아들이게 하는 질서 있는 광기는 인간에게 또 다른 열정을 불러일으킨다. 그리하여 이런 세계에서, 예술 작품은 인간의 의식을 유지하고 그 의식의 모험을 포착할 유일한 기회가 된다. 창조한다는 것은 두 번 산다는 것이다. 예컨대 프루스트 같은 작가가 불안스럽게 더듬거리는 모색 행위, 그가 꽃과 태피스트리와 고뇌를 세심하게 모으는 행위도 이와 다른 뜻을 지니지 않는다. 하지만 동시에 그런 행위가 배우와 정복자와 모든 부조리 인간이 날마다 몰두하는 소중하고 지속적인 창조보다 더 중요한 것은 아니다. 모두가 자신의 현실을 모방하고, 되풀이하고, 재창조하려 애쓴다. 우리는 결국 우리의 진실이라는 얼굴을 가지게 되는 것이다. 영원성을 외면하는 인간에게 삶이란 송두리째 부조리라는 가면을 쓰고 행하는 엄청난 무언극에 지나지 않는다. 창조, 그것은 위대한 무언극이다.

이 사람들은 먼저 진실을 알게 되고, 다음으로 그들이 방금 막 다다른 내일 없는 섬을 편력하고 확장하고 풍요롭게 만들려고 최선을 다한다. 무엇보다 먼저 진실을 알아야 한다. 왜냐하면 부조리의 발견은 미래의 열정이 형성되고 정당화되는 어떤 정지의 순간과 일치하기 때문이다. 복음 없는 인간들에게도 그들의 감람산[63]이 있는 것이다. 그들의 감람산에서도 잠이 들어서는 안 된다. 부조리 인간에게 중요한 것은 설명하고 해결하는 게 아니라, 경험하고 묘사하는 것이다. 모든 것은 통찰력을 갖춘 초연한 태도에서 시작된다.

묘사하는 것, 이것이야말로 부조리 사상의 마지막 야망이다. 과학 역시 역설의 끝에 이르면 설명하기를 멈추고, 현상이 보여주는 한결같이 순결한 풍경을 관조하고 묘사하는 데 집중한다. 그리하여 우리는 세계의 여러 얼굴 앞에서 우리를 휩쓰는 이 감동이 세계의 깊이가 아니라 세계의 다양성에서 비롯된다는 사실을 깨닫는 것이다. 설명은 헛된 것이지만 감각은 살아남으며, 감각과 함께 양적으로 무한한 세계가 끊임없이 우리를 부른다. 여기서 우리는 예술 작품의 위치를 이해하게 된다.

예술 작품은 한 경험의 죽음과 동시에 그 경험의 다양한 증식을 나타낸다. 그것은 세계가 이미 조율해놓은 주제들의 단조로우면서도 열정적인 반복과 같다. 예컨대 사원의 합각머리에 새겨진 무수히 많은 육체, 각양각색의 형상과 색채, 운율이나 슬픔이 그런 주제이다. 이런 맥락에서 볼 때, 창조자의 찬란하고 순정한 세계에서 이 시론의 핵심 주제를 재확인하는 것은 결코 무의미한 작업이 아니리라. 그러나 창

---

63 프랑스어로는 le mont des Oliviers이다. 예루살렘 성전 맞은편에 있는 올리브 나무 산으로서, 예수가 이곳에서 최후의 기도를 올리고, 로마 병사들에게 체포되고, 부활하여 승천했다. 감람산 입구에는 예수가 처형되기 전날 마지막 기도를 드린 겟세마네가 있다.

조자의 세계에서 어떤 상징을 발견하거나 예술 작품이 결국 부조리의 피난처가 될 수 있으리라 생각하는 것은 잘못이다. 예술 작품은 그 자체가 부조리한 현상이며, 중요한 것은 단지 거기에 담긴 묘사일 뿐이다. 예술 작품은 정신의 질병에 치유책을 제공하지 않는다. 예술 작품은 오히려 한 인간의 사유 전체에 울리는 그 질병의 징후 가운데 하나이다. 그러나 예술 작품은 처음으로 정신을 정신 밖으로 나오게 하여 타인과 대면하게 한다. 그것은 정신으로 하여금 길을 잃게 하려는 것이 아니라, 만인이 갇힌 출구 없는 길을 손가락으로 정확히 가리켜주기 위해서이다. 부조리의 추론 과정에서, 시간적으로 창조는 초연한 무관심과 새로운 발견을 뒤잇는다. 창조는 부조리의 추론이 정지하고 부조리한 열정이 발진하는 지점을 가리킨다. 이 시론에서 창조의 위치는 이렇게 정당화된다.

부조리에 연관된 모든 모순점을 예술 작품에서 재확인하기 위해서는 창조자와 사상가에게 공통된 몇몇 주제를 밝히는 것으로 충분하리라. 실제로 서로 다른 지성을 같은 혈족으로 만드는 것은 그들의 동일한 결론이 아니라 그들의 공통적인 모순이다. 사유와 창조도 마찬가지이다. 구태여 말할 필요조차 없겠지만, 사람들로 하여금 이런 모순된 태도를 취하게 만드는 것은 하나의 동일한 고통이다. 다시 말해 이 태도는 출발점이 일치한다. 하지만 부조리에서 출발한 모든 사상 가운데 부조리를 피하지 않고 지속적으로 견뎌낸 사상은 극소수에 불과하다는 사실을 나는 확인했다. 그리고 나는 그 사상의 일탈이나 불충실성을 통해 부조리에 고유한 것이 무엇인지를 더없이 적절하게 가늠할 수 있었다. 그렇다면 나는 이렇게 자문하지 않을 수 없다. 부조리한 작품[64]이란 과연 가능한 것일까?

예술과 철학의 대립이라는 오랜 생각이 얼마나 자의적인지는 아무리 강조해도 지나치지 않으리라. 그 대립을 지나치게 엄밀한 의미로 이해하는 것은 확실히 잘못된 일이다. 다만 이 두 분야가 각기 고유한 풍토를 지니고 있다고 말하는 것은 아마도 옳겠지만, 그래도 막연하기는 하다. 우리가 받아들일 만한 유일한 논거는 자기 체계의 '한복판에' 갇힌 철학자와 자기 작품 '앞에' 자리한 예술가 사이에 생기는 모순에 있다. 하지만 그것은 우리에게 부차적으로 보이는 모종의 예술과 철학에만 타당한 논거이다. 창조자에게서 분리된 채 창조자 앞에 놓인 예술이라는 생각은 시대에 뒤떨어졌을 뿐만 아니라 잘못된 생각이다. 예술가와는 반대로, 한 사람의 철학자가 여러 체계를 만든 경우는 전혀 없다는 지적도 있다. 그것은 예술가가 여러 다른 얼굴을 그릴지라도 표현하는 것은 단 한 가지라는 전제하에서는 타당한 지적이다. 예술은 순간적으로 완성되므로 항상 예술적 쇄신이 필요하다는 생각은 편견에 지나지 않는다. 왜냐하면 예술 작품 또한 구성이 필요한 하나의 건축물이고, 위대한 창조자들이 얼마나 열심히 한 우물만 파는지 모두가 알고 있기 때문이다. 사상가와 마찬가지 이유로 예술

---

64   여기서 '부조리한 작품'으로 옮긴 'l'oeuvre absurde'는 '부조리를 주제로 하거나 부조리를 명징하게 의식하면서 쓴 작품'이라는 뜻으로 이해하면 좋을 듯하다.

가도 자기 작품 속으로 깊숙이 들어가고, 자기 작품 속에서 자신을 형성해나간다. 사상과 예술의 이런 상호 침투는 더없이 중요한 미학적 문제를 제기한다. 게다가 정신이 지향하는 목적이 단일하다는 사실을 확신하는 사람에게는 방법과 대상에 따른 이런 구분보다 더 헛된 것은 아무것도 없다. 다시 말해 인간이 이해와 사랑을 위해 창안한 분야들 사이에 경계는 없는 것이다. 그 분야들은 서로 침투하며, 동일한 고뇌로 인해 서로 명확하게 구분하기가 어려워진다.

이 점은 미리 짚어둘 필요가 있다. 즉 부조리한 작품이 가능하기 위해서는, 가장 명징한 형태의 사상이 거기에 뒤섞여야 한다. 하지만 작품에 질서를 부여하는 지성의 형태가 아니라면 그 사상은 절대 겉으로, 노골적으로 드러나지 않아야 한다. 이 역설은 부조리에 의해 설명된다. 예술 작품은 구체적인 대상을 논리적으로 탐구할 지성을 포기할 때 탄생한다. 예술 작품은 물질적인 것의 승리를 나타낸다. 예술 작품의 탄생을 유발하는 것은 명징한 사상이지만, 탄생 과정에서 사상은 자신을 포기한다. 명징한 사상은 묘사된 것에 좀 더 심오한 의미를 쓸데없이 덧보태려는 유혹에 넘어가지 않을 텐데, 명징한 사상은 이런 의미가 가당치 않은 것임을 잘 알고 있다. 예술 작품은 지성의 드라마를 구현하지만, 그 지성을 간접적으로만 드러낸다. 부조리한 작품은 이런 한계를 분명히 의식하는 예술가 및 구체적인 것이 구체적인 것 이상의 의미를 지니지 않는 예술을 요구한다. 부조리한 작품은 인생의 목적이나 의미나 위안이 아니다. 창조하거나 창조하지 않거나, 달라지는 것은 아무것도 없다. 부조리한 창조자는 자기 작품에 집착하지 않는다. 그는 자기 작품을 포기할 수도 있거니와 이따금 실

제로 포기하기도 한다. 예컨대 아비시니아로 충분한 것이다.[65]

동시에 우리는 여기서 하나의 미학적 규칙을 볼 수 있다. 진정한 예술 작품은 언제나 인간적 범주를 벗어나지 않는다. 그것은 본질적으로 '더 적게' 말하는 작품이다. 한 예술가의 전체 경험과 이를 반영하는 작품 사이에는, 예를 들어 괴테의 원숙함과 『빌헬름 마이스터』 사이에는 일정한 상관관계가 있다. 설명적인 문학이 으레 그렇듯, 작품이 레이스 무늬 종이에 작가의 경험 전체를 담으려 할 때 이 상관관계는 극도로 나빠진다. 작품이 잘 다듬어진 경험의 한 조각, 내부의 광채가 극도로 압축된 다이아몬드의 한 단면일 때, 이 상관관계는 바람직하다. 전자의 경우, 영원성에 대한 당치않은 지향과 불필요한 군더더기가 과도하게 드러나곤 한다. 후자의 경우, 작가의 경험이 모두 암시적으로 처리되어 있어도 누구나 그 풍요를 짐작할 수 있기에 작품이 비옥해진다. 부조리의 예술가에게 중요한 것은 어떻게 할 것인가라는 기법적 문제를 넘어서 어떻게 살 것인가라는 본질적 문제에 대한 답을 찾는 데 있다. 결국 이런 관점에서 볼 때, 삶이 여기서는 성찰과 동시에 체험을 뜻하므로 위대한 예술가란 무엇보다 위대한 생활인이다. 그러므로 예술 작품은 지적인 드라마를 구현한다. 부조리한 예술 작품은 사상이 자신의 특권을 포기하고 지성의 차원에 머무르는 모습을 보여주는데, 이때 지성은 단지 외관을 형상화하고 대상을 이

---

65   이 문장은 시인 랭보가 시집 『지옥에서 보낸 계절』(*Une Saison en enfer*)의 출판을 끝으로 문학과 결별하고 아프리카의 아비시니아(오늘날의 에티오피아)로 가서 상인이 된 사례를 가리킨다.

미지로 감쌀 따름이다. 만일 세계가 명징하고 확실한 것이라면, 예술은 존재하지 않으리라.

내가 여기서 말하는 것은 묘사만이 찬란하게 지배하는 형태 예술이나 색채 예술이 아니다.[66] 표현은 사유가 끝나는 곳에서 시작된다. 사원과 박물관을 가득 채우고 있는 텅 빈 눈의 청년 조각상들을 보라. 그들의 철학은 바로 그들의 몸짓에 담겨 있다. 부조리 인간에게, 그처럼 조각에 새겨진 철학은 세상의 모든 도서관보다 더 많은 가르침을 준다. 또 다른 면에서 음악도 마찬가지이다. 직접적인 교육과 무관한 예술이 있다면, 그것은 바로 음악일 것이다. 수학을 너무나 닮은 음악은 그 무상성(無償性)을 수학에서 빌려온 듯 보일 정도이다. 몇몇 약속되고 계측된 법칙에 따라 정신이 자신과 벌이는 이 유희는 우리의 소리 공간에서 전개되지만, 그 진동은 이 공간을 넘어 어떤 비인간적인 우주에서 서로를 만난다. 이보다 더 순수한 감각이 어디에 있을까. 음악과 같은 예는 이해하기에 어렵지 않다. 부조리 인간은 이런 화음과 형식을 자기 것으로 인식한다.

그러나 지금부터 내가 이야기하려는 작품은 설명의 유혹이 가장 큰 작품, 환상이 저절로 드러나는 작품, 결론이 필연적으로 내려지는 작품이다. 바야흐로 나는 소설의 창조를 논하고자 한다. 나는 부조리가 소설 속에서 유지될 수 있는지를 살펴볼 것이다.

---

66 가장 지적인 회화, 즉 현실을 몇몇 본질적 요소로 환원하고자 하는 회화가 종국에 이르러 단지 눈의 즐거움으로 변한다는 사실은 놀랍기 그지없다. 이 회화는 세계에서 색채만을 취해 간직한다. [원주]

◇　◇　◇

　　사유한다는 것은 하나의 세계를 창조한다는 것이다. (혹은 결국 같은 말이지만, 자신의 세계를 한정한다는 것이다.) 그것은 인간을 그의 경험에서 분리하는 근본적인 불화에서 출발하여, 그의 향수에 걸맞은 화해의 땅을, 참을 수 없는 단절을 해소해주는 하나의 우주를, 이성으로 조율되고 비유로 반짝이는 하나의 우주를 발견한다는 것이다. 심지어 칸트라 할지라도, 철학자는 창조자이다. 철학자도 등장인물과 상징과 은밀한 줄거리를 가진다. 그에게도 특유의 결말이 있다. 거꾸로, 시와 수필에 대한 소설의 강점이기도 한데, 소설은 겉보기와 달리 예술의 지성화를 더욱 깊이 구현한다. 오해 없기를 바란다. 여기서 나는 가장 위대한 소설들을 일컫고 있다. 한 장르의 풍요로움과 위대함은 흔히 거기서 발견되는 쓰레기의 많고 적음으로 측정된다. 하지만 저급한 소설이 많다고 해서 훌륭한 소설의 위대함을 잊어서는 안 된다. 훌륭한 소설들은 정히 자기만의 세계를 갖추고 있다. 소설은 자체의 논리, 추론, 직관, 가설을 보여준다. 소설은 또한 명증성을 요구한다.[67]

67　잘 생각해보기를 바란다. 이 문장은 거꾸로 최악의 소설이 무엇인지 설명하고 있다. 거의 모든 사람이 자기가 사유할 능력이 있다고 여기며, 우열은 있겠으나 실제로 사유한다. 반면 자신을 시인이나 문장가라고 여기는 사람은 거의 없다. 하지만 사유가 문체보다 우세해진 순간부터 군중이 소설을 점령하고 말았다. 물론 이것은 사람들이 말하는 만큼 나쁜 일은 아니다. 그러나 가장 훌륭한 소설가들이 자기 자신을 더욱 엄격하게 성찰하기에 이르렀다. 이 길에서 쓰러지는 소설가는 살아남을 자격이 없을 것이다. [원주]

내가 앞서 말한 예술과 철학의 고전적 대립은 이런 특별한 경우에는 타당성이 현저히 떨어진다. 이런 대립은 철학을 그 저자로부터 분리하는 게 쉬웠던 시절에는 유효했다. 사상이 더 이상 보편성을 주장할 수 없는 오늘날, 가장 훌륭한 사상의 역사가 사상의 뉘우침의 역사인 오늘날, 유효한 체계라면 그것은 저자와 분리될 수 없다는 사실을 우리는 알고 있다. 어떤 면에서는 『윤리학』[68]도 하나의 길고 엄격한 고백일 뿐이다. 추상적 사상이 마침내 육체라는 자신의 매체와 합일되는 것이다. 이와 마찬가지로, 육체와 정념의 소설적 유희도 작가의 세계관이 뚜렷할 때 더 잘 정돈된다. 소설가는 더 이상 '스토리'를 이야기하는 것이 아니라 자신의 우주를 창조한다. 위대한 소설가는 철학적 소설가이다. 다시 말해 경향소설가[69]의 반대이다. 예컨대 발자크, 사드, 멜빌, 스탕달, 도스토옙스키, 프루스트, 말로, 카프카가 그런 위대한 소설가에 속한다.

본질적으로 논리가 아니라 이미지로 글을 쓰려는 그들의 선택은 그들에게 공통된 어떤 생각, 즉 일체의 설명 원리가 무용하며 감각적 외관이 교훈적 메시지를 잘 전달할 수 있음을 확신하는 생각을 보여준다. 그들은 작품을 끝인 동시에 시작으로 간주한다. 작품은 작가가 표현하지 않은 철학의 결론이요, 예증이요, 완성이다. 하지만 그 철학이

---

68 스피노자의 철학서 『윤리학』(L'Ethique)으로 보인다.
69 '경향소설가'로 옮긴 'écrivain à thèse'는 'roman à thèse'를 쓰는 소설가를 뜻한다. 'roman à thèse'는 영어로는 'thesis novel', 우리말로는 '경향소설'로 옮기는데, 특정한 명제나 이념을 선전하여 독자를 그 경향으로 이끌려는 목적을 지닌 소설을 가리킨다.

암시적으로 드러날 때만 작품은 완전한 것이 된다. 결국 작품은 사유가 얕을 때 삶에서 괴리되고 사유가 깊을 때 삶으로 되돌아오는 하나의 오랜 주제를 변주하는 것이라고 할 수 있으리라. 사유는 현실을 이상화할 수 없기에, 현실을 모방하는 데 전념한다. 여기서 문제 되는 소설은 사랑의 인식처럼 상대적인 동시에 지칠 줄 모르게 계속되는 인식의 도구이다. 간단히 말해, 소설 창조는 사랑에서 맛보는 최초의 경이와 풍요로운 반추의 매력을 지니고 있다.

적어도 내가 애초부터 소설 창조에서 본 것은 고결한 위엄이었다. 그러나 나는 모욕당한 사유의 왕자들에게서도 그것을 보았는데, 그 왕자들의 삶은 결국 자살로 끝났다. 나의 관심은 환상이라는 공통의 길로 그들을 이끈 힘이 무엇인지 알아내고 그것을 묘사하는 데 있다. 여기서도 똑같은 방법이 사용될 것이다. 이미 그 방법을 사용해본 경험 덕분에 나의 추론은 짧게 단축될 것이고, 하나의 구체적인 예를 통해 금세 요약될 것이다. 나는 구원의 호소 없이 살기를 받아들인 사람이 또한 구원의 호소 없이 노동하고 창조하는 데 동의할 수 있는지를, 그런 자유에 이르는 길이 무엇인지를 알고 싶다. 나는 나의 우주를 유령들로부터 해방하고, 내게 뚜렷이 현존하는 육체의 진실들로 그것을 가득 채우고 싶다. 나는 부조리한 작품을 만들 수 있고, 무엇보다 창조적인 작업을 선택할 수 있다. 그러나 부조리한 태도가 부조리한 상태로 머무르기 위해서는 그 무상성이 인식되지 않으면 안 된다. 작품도 마찬가지이다. 만일 작품 속에서 부조리의 계율이 지켜지지 않는 다면, 만일 작품이 단절과 반항을 예시하지 않는다면, 만일 작품이 환상을 추종하고 희망을 부추긴다면, 작품은 더 이상 무상성의 차원에 속한다고 할 수 없다. 그렇게 되면 나는 더 이상 작품과 무관할 수 없다. 나의 삶은 작품에서 하나의 의미를 찾아낼 수 있거니와 그것은 가소롭고 덧없는 일이다. 그런 작품은 더 이상 인생의 찬란함과 무용함을 완성하는 초연한 열정의 실천이 아니다.

설명의 유혹이 가장 강하게 작용하는 창조의 세계에서, 우리는 과연 그 유혹을 극복할 수 있을까? 현실의 세계에 대한 의식이 가장 강하게 작용하는 허구의 세계에서, 나는 과연 결론을 내리려는 욕망에 굴복하지 않은 채 부조리에 끝까지 충실할 수 있을까? 마지막으로 안간힘을 다해 생각해봐야 할 문제는 이런 것들이다. 우리는 이 문제들이 무엇을 의미하는지를 이미 살펴보았다. 이 문제들은 궁극적 환상을 대가로 최초의 힘겨운 교훈을 저버릴까 두려워하는 한 인간의 마지막 불안을 가리킨다. 부조리를 의식하는 인간이 취할 수 있는 태도 가운데 '하나'로 간주되는 창조 행위에 유효한 것은 그 인간에게 주어지는 온갖 양식의 삶에서도 유효하다. 정복자 또는 배우, 창조자 또는 돈 후안은 그들의 생활 실천이 그 비상식적인 특성에 대한 의식을 필연적으로 전제한다는 사실을 잊어버릴 수도 있다. 우리는 너무나 쉽게 습관에 젖어버리니까 말이다. 우리는 행복해지기 위해 돈을 벌고자 하지만, 그러다 보면 어느새 인생의 모든 노력과 최상의 가치가 이 돈벌이에 집중된다. 행복은 잊히고, 수단은 목적으로 변한다. 예컨대 정복자의 노력은 더욱 위대한 생으로 나아가는 길목에 불과했던 야망을 향해 빛나갈 것이다. 돈 후안은 오직 반항만이 그의 생을 위대하게 함에도, 미리 주어진 운명에 동의하고 그날그날의 생활에 만족할 것이다. 전자에게는 의식이 중요하고 후자에게는 반항이 중요한데, 두 경우 모두 부조리가 아예 사라져버렸다. 인간의 마음속에는 끈질기게 되살아나는 희망이 있다. 극빈자들조차 때로는 환상에 동의하고 만다. 마음의 평화에 대한 갈망으로 촉발된 이 찬동은 실존적 동의의 내면적 형제이다. 이리하여 빛의 신과 진흙의 우상이 생긴다. 그러나 우리가 진정으로 찾아내야 하는 것은 인간의 얼굴에 이르는 중간의 길이다.

지금까지 부조리의 요청이 무엇인지를 우리에게 가장 잘 알려준 것은 부조리의 요청에 대한 잘못된 반응이었다. 이와 마찬가지로, 그 요청을 다시 한번 깨닫기 위해서는 소설 창작이 몇몇 철학과 똑같은 모호성을 보여줄 수도 있다는 사실을 아는 것으로 족하리라. 그러므로 나는 예증을 위해 부조리 의식을 나타내는 모든 것이 집대성되어 있는 작품, 출발점이 명료하고 분위기가 명징한 작품을 선택할 수 있다. 그 작품의 귀결점이 우리에게 무엇인가를 가르쳐줄 것이다. 만일 그 작품 속에서 부조리가 존중되지 않는다면 어떤 경로를 통해 환상이 도입되는지를 알게 될 것이다. 그러므로 하나의 정확한 예, 하나의 주제, 하나의 창조적 성실성이면 충분할 것이다. 요는 지금까지 길게 진행해온 분석을 변함없이 똑같이 진행하는 데 있다.

나는 도스토옙스키가 좋아하는 주제를 검토할 것이다. 물론 다른 작품을 탐구할 수도 있었으리라.[70] 하지만 도스토옙스키의 작품에서는, 문제가 이 책에서 다룬 실존 사상의 경우처럼 위대함과 감동이라는 방향에서 직접적으로 다루어지고 있다. 이런 유사성이 우리의 목적을 달성하는 데 도움을 줄 것이다.

---

70 예를 들면 말로의 소설이 있다. 그러나 이 경우, 부조리 사상이 피해 갈 수 없는 사회적인 문제를 동시에 다뤄야 했을 것이다. (부조리 사상이 사회적 문제에 다양한 해결책을 제시할 수는 있겠지만) 그러나 한계를 두지 않으면 안 된다. [원주]

키릴로프

도스토옙스키의 모든 주인공은 인생의 의미에 대해 자문한다. 그들이 현대적인 주인공으로 여겨지는 것은 바로 그 점 때문이다. 그들은 조롱을 두려워하지 않는다. 고전적 감수성과 현대적 감수성을 구분 짓는 차이는 전자가 도덕적 문제에서 자양분을 얻고 후자는 형이상학적 문제에서 자양분을 얻는다는 데 있다. 도스토옙스키 소설에서는, 극단적 해결책만이 강구될 정도로 문제가 너무나 강도 높게 제기된다. 실존은 허망한 것이든가 '아니면' 영원한 것이든가, 둘 중 하나일 뿐이다. 만일 도스토옙스키가 그런 분석에 그쳤다면, 그는 철학자가 되었으리라. 그러나 그는 이 같은 정신의 유희가 인생에서 불러일으킬 수 있는 귀결점들을 구체적인 예를 들어 보여주거니와, 그런 점에서 그는 예술가이다. 이 귀결점들 가운데 그의 관심을 사로잡은 것은 마지막 귀결점, 즉 그가 『작가 일기』[71]에서 논리적 자살이라고 부른 귀결

71　도스토옙스키의 내밀한 노트가 아니라 그가 독자적으로 발행한 월간지이다. 여기서 그는 자기 작품에 관련된 미학적·철학적 견해를 작가의 입장에서 밝혔다.

점이다. 1876년 12월의 일기에서 그는 '논리적 자살'의 추론을 상상한다. 불멸을 믿지 않는 사람에게 인생이란 완전한 부조리라는 사실을 인식했기에, 절망자는 다음과 같은 결론에 도달한다.

"행복에 관한 나의 질문에, 내 의식을 거쳐 내가 지금 상상하지 못하고 앞으로도 상상할 수 없을 거대한 전체와 조화를 이루지 못한다면 결코 행복해질 수 없다는 대답이 돌아온 이상, 분명한 것은…"

"결국 이런 상황에서 내가 원고와 피고와 판사의 역할을 동시에 담당해야 하고, 자연이 벌이는 이런 연극이 지극히 어리석어 보이며, 심지어 이런 연극을 받아들이는 게 나로서는 몹시 굴욕적으로 여겨지는 이상…"

"원고이자 피고이자 판사라는 이론의 여지 없는 자격으로, 나는 파렴치하고 뻔뻔스럽게 나를 세상에 태어나게 해서 고통받게 한 자연을 단죄하노라. 나는 자연에게 나와 함께 영원히 소멸하는 형벌을 선고하노라."

이런 입장에는 여전히 약간의 유머가 깃들어 있다. 이 자살자는 형이상학적 차원에서 '자존심이 상했기' 때문에 스스로 목숨을 끊는 것이다. 어떤 의미에서 그는 복수하는 셈이다. 그것은 '가만히 앉아서 당하지는 않겠다'는 의지를 보여주는 그 나름의 방식이다. 그렇지만 논리적 자살의 지지자인 『악령』의 등장인물 키릴로프에게서는 동일한 주제가 더없이 놀라운 폭으로 확대되어 구현된다. 기사(技士) 키릴로프는 자살하기를 원한다고 어디선가 말하는데, 그것이 '그의 이념'이기 때문이다. 이 말은 문자 그대로의 뜻으로 이해하지 않으면 안 된다. 그가 죽음을 준비하는 것은 하나의 이념, 하나의 사상을 위해서이다. 이것은 고차원적인 자살이다. 키릴로프의 마스크가 점점 더 밝게 조명되는 장면들이 거듭되면서, 그를 움직이는 치명적 사상이 점진적으로 모습을 드러낸다. 실제로 기사는『작가 일기』의 추론을 되풀이한다. 그는 신이 필요하다고, 신이 존재해야 한다고 느낀다. 그러나 그는 신이 존재하지 않는다는 것, 신이 존재할 수 없다는 것을 알고 있다. "이것만으로도 자살하기에 족한 이유가 된다는 걸 그대는 어찌하여 이해하지 못한다는 말이오?"라고 그는 외친다. 아울러 그의 경우 이런 태도는 몇몇 부조리한 결과를 동반한다. 즉 그는 자기가 경멸하는 목적에 자신의 자살이 이용되는 상황을 무심히 받아들인다.[72] "오늘 밤, 나는 이러거나 저러거나 개의치 않겠다고 다짐했다." 마침내 그는 반항과 자유가 뒤섞인 감정으로 그의 행동을 준비한다. "나는 나의 불복종, 나의 새롭고 끔찍한 자유를 확인하기 위해 자살할 것이다." 문제는 더 이상 복수가 아니라 반항이다. 그러므로 키릴로프는 부조리 인물이라고 할 수 있는데, 다만 자살을 선택한다는 본질적인 차이점은 잊지 말아야 한다. 그러나 키릴로프는 스스로 그 모순을 설명하며, 설명의 와중에 지극히 순수한 상태의 부조리한 비밀을 드러낸다. 실제로 그는 자신의 치명적 논리에 한 가지 놀라운 야망을 덧보태는데, 그 야망은 그가 신이 되기 위해 자살한다는 사실이다.

그의 추론은 고전적 명증성을 보여준다. 만약 신이 존재하지 않는

---

72 혁명 사상에 심취한 표트르가 자신과 반목하던 샤토프를 동지들의 협력을 얻어 살해한 후, 그 죄를 키릴로프에게 뒤집어씌우려고 자살을 종용한다. 이미 논리적 자살을 결심하고 있던 키릴로프는 이에 상관치 않고 권총으로 자신의 목숨을 끊는다.

다면, 키릴로프가 신이다. 만약 신이 존재하지 않는다면, 키릴로프는 자살해야 한다. 그러므로 키릴로프는 신이 되기 위해 자살해야 한다.[73] 이 논리는 부조리하지만 필요한 것이다. 그렇지만 그의 관심은 지상으로 끌어내린 이 신성에 하나의 의미를 부여하는 데 있다. 그것은 추론의 전제인 아래의 명제, 여전히 모호한 아래의 명제를 규명하는 작업으로 귀결된다. "만약 신이 존재하지 않는다면, 내가 신이다." 우선, 이런 몰상식한 주장을 내세우는 사람이 이 세상 사람이라는 사실에 주목해야 한다. 그는 건강을 유지하기 위해 아침마다 체조를 한다. 그는 아내와 재회하는 샤토프의 기쁨에 감동한다. 그는 자기가 죽은 후 사람들이 발견할 일종의 유서에 '그들에게' 혀를 널름 내미는 얼굴을 그려놓고 싶어 한다. 그는 어린애처럼 화를 잘 내고, 열정적이고, 체계적이면서도 감수성이 예민하다. 초인적인 면이라고는 논리와 확고한 신념밖에 없으며, 그 나머지는 인간적이기 짝이 없다. 그렇지만 자신의 신성에 대해 태연히 말하는 사람이 바로 이 사람이다. 그는 미친 사람이 아니다. 만일 그가 미친 사람이라면, 도스토옙스키도 미친 사람이다. 따라서 그의 삶을 송두리째 뒤흔드는 것은 과대망상증 환자의 환상이 아니다. 하지만 그의 말을 문자 그대로 받아들이는 것은 이 경우에는 우스꽝스러운 일이 될 수 있으리라.

---

73 신이란 완전히 자유롭고 독립적인 존재인데, 키릴로프는 신이 존재하지 않는다면 자기가 신이라고 주장한다. 왜냐하면 신이 존재하지 않는다면, 키릴로프 자신이 (신에게서 해방된) 자유롭고 독립적인 존재가 되기 때문이다. 그리하여 이웃 형제들에게 자신이 신이라는 것을 보여주기 위해, 키릴로프는 자유롭고 독립적인 행위로서 자살을 감행한다.

키릴로프 자신이 우리가 더 잘 이해할 수 있도록 도와준다. 스타브로긴의 질문에 그는 자기가 '신-인간'을 말하는 게 아님을 분명히 한다. 사람들은 키릴로프가 자신을 그리스도와 구분 지으려고 그렇게 한다고 생각할 수 있으리라. 그러나 사실상 그에게 중요한 것은 그리스도를 병합하는 일이다. 실제로 키릴로프는 죽어가는 예수가 '천국으로 돌아가지 않았다'고 한순간 상상한다. 그때 그는 예수의 고통이 쓸모없는 것이었음을 깨달았다. "자연의 법칙은 그리스도를 거짓 한복판에서 살게 했고, 거짓을 위해 죽게 했다"라고 기사는 말한다. 이런 의미에서 예수는 인간의 드라마를 송두리째 구현할 따름이다. 다시 말해 예수는 가장 부조리한 조건을 이행한 사람이기에 '완벽-인간'인 것이다. 예수는 '신-인간'이 아니라 '인간-신'이다. 예수처럼 우리도 각자 십자가에 못 박히고 기만당할 수 있으며, 실제로 어느 정도는 그렇다.

그러므로 여기서 문제가 되는 신성은 전적으로 지상의 신성이다. "나는 3년 동안 내 신성의 속성이 무엇인지를 탐색했고, 마침내 그것을 발견했다. 내 신성의 속성은 독립이다"라고 키릴로프는 말했다. 이제 우리는 "만약 신이 존재하지 않는다면, 내가 신이다"라는 키릴로프 명제의 의미를 깨닫는다. 신이 된다는 것은 이 지상에서 자유로워진다는 것이요, 불멸의 존재를 섬기지 않는다는 것이다. 그것은 특히 이 고통스러운 독립에서 모든 가능한 귀결점들을 끌어낸다는 것이다. 만약 신이 존재한다면 모든 것은 신에게 달려 있고, 우리는 신의 의지에 반하는 그 어떤 것도 할 수 없다. 만약 신이 존재하지 않는다면 모든 것은 우리에게 달려 있다. 니체처럼 키릴로프의 경우, 신을 죽인다는 것은 스스로 신이 된다는 것, 이 지상에서 벌써 복음이 전하는 영생을

카스파르 다비트 프리드리히, 〈바닷가의 수도사〉, 1808-1810년

실현한다는 것이다.[74]

그러나 만일 신을 죽이는 이 형이상학적 범죄만으로 인간을 완성하기에 족하다면, 왜 거기에 자살을 덧보탠다는 말인가? 자유를 정복한 마당에 왜 자살하고 이 세상을 떠난다는 말인가? 그것은 모순이다. 이런 사실을 잘 알고 있는 키릴로프는 이렇게 덧붙인다. "만일 그것을 느낄 수 있다면, 그대는 황제이고 자살은커녕 영광의 절정에서 살아갈 것이오." 그러나 사람들은 이런 사실을 알지 못한다. 사람들은 '그것'을 느끼지 못한다. 프로메테우스의 시대처럼, 그들은 그들의 내면에 맹목적 희망들을 키우고 있다.[75] 그들은 누군가가 그들에게 길을 보여주기를 바라며, 설교를 듣지 않고 살아갈 수 없다. 따라서 키릴로프는 인류에 대한 사랑 때문에 자살할 수밖에 없다. 그는 자신이 앞장서서 걸어가는 험난한 왕도를 형제들에게 보여줘야 하는 것이다. 이것은 교육적 자살이다. 그는 몸소 희생한다. 그러나 십자가에 못 박힌다 해도 그는 기만당하지는 않을 것이다. 그는 미래 없는 죽음을 확신한 채, 복음적인 슬픔에 사로잡힌 채 '인간-신'으로 남는다. "나는 '어쩔 수 없이' 나의 자유를 주장해야 하기에 불행하다오"라고 그는 말한다. 그러나 그가 죽고 마침내 인간들이 계몽되면, 이 땅은 황제들로 가득하고 인간적인 영광으로 찬란하게 빛날 것이다. 말하자면 키릴로

---

74 "스타브로긴: 당신은 저세상에서의 영생을 믿습니까? 키릴로프: 아니요, 나는 이 세상에서의 영생을 믿습니다." [원주]

75 "인간은 단지 자살하지 않기 위해 신을 만들어냈을 뿐이다. 바로 이런 사실이 지금까지의 보편적 역사를 요약한다." [원주]

프의 총성은 궁극적 혁명의 신호탄이 될 것이다. 이처럼 그를 죽음으로 몰고 간 것은 절망이 아니라 이웃에 대한 사랑이다. 형언할 수 없는 정신적 모험을 피로써 끝내기 전에, 키릴로프는 인간의 고통만큼 오래된 한마디 말을 남긴다. "모든 것이 잘 되었어."

　도스토옙스키의 세계에서 이 자살이라는 주제는 확실히 부조리한 주제이다. 다만 더 나아가기 전에 키릴로프가 다른 소설 인물들을 통해 되살아나며, 이 소설 인물들은 새로운 부조리 주제를 형상화한다는 사실을 주목하자. 스타브로긴과 이반 카라마조프는 실생활에서 부조리한 진리를 실천한다.[76] 키릴로프의 죽음으로 그들은 해방되는 셈이다. 그들은 황제가 되고자 시도한다. 스타브로긴은 '아이러니한' 삶을 살며, 우리는 그것이 무엇인지 알고 있다. 그는 자신의 주변에 증오심을 퍼뜨린다. 그렇지만 이 인물의 비밀을 푸는 핵심어는 그의 유서 속에 있다. "나는 아무것도 증오할 수 없었다." 요컨대 그는 초연한 무관심의 황제이다. 이반 또한 정신의 왕권을 포기하지 않았다는 점에서 황제이다. 이반은 자기 동생[77]처럼 신을 믿기 위해서는 굴종해야 함을 실생활로 증명하는 사람들에게 그건 너무 저열한 조건이라고 답할 수 있으리라. 이반을 설명하는 핵심어는 비애의 뉘앙스가 적당히 섞인 "모든 것이 허용되어 있다"라는 문장이다. 물론 신의 시해자 가

76　스타브로긴은 『악령』에서 능력이 탁월함에도 기행과 일탈을 일삼는 주요 인물이고, 이반 카라마조프는 『카라마조프가의 형제들』에서 냉철한 이성으로 무신론적 사유를 종횡무진 펼치는 주요 인물이다.

77　『카라마조프가의 형제들』에 나오는 세 형제 중 수도사의 길을 걸었던 막내 알료샤를 가리킨다. 이반에게는 형 드미트리와 동생 알료샤가 있다.

운데 가장 유명한 니체처럼 그의 삶은 광기로 끝난다. 하지만 그것은 당연히 겪어야 할 위험이고, 이 비극적인 결말 앞에서 부조리 인간의 본질적 물음은 오히려 이렇게 요약되어야 한다. "그것은 도대체 무엇을 증명하는가?"

이처럼 도스토옙스키의 소설들은 『작가 일기』처럼 부조리 문제를 제기한다. 이 소설들은 죽음까지 가는 논리, 광적인 열기, '끔찍한' 자유, 인간적인 차원으로 내려온 황제의 영광을 제시한다. 모든 것이 잘 되었고, 모든 것이 허용되어 있으며, 증오해야 할 것은 아무것도 없다. 이것이야말로 바로 부조리 차원의 판단이다. 어쨌든 얼음과 불로 만들어진 그 극단적 인물들이 우리에게 이토록 친숙한 존재로 보이게 하는 창조란 얼마나 경이로운가! 그들의 마음속에서 노호하는 무관심의 열광적 세계가 우리에게 조금도 기괴하게 보이지 않는다. 우리는 그 세계에서 우리의 일상적 고뇌를 다시 만난다. 아마도 도스토옙스키처럼 부조리 세계에 그토록 친근하고 그토록 고통스러운 마력을 부여한 사람은 아무도 없었으리라.

그렇지만 도스토옙스키의 결론은 무엇인가? 두 인용문이 작가를 다른 계시로 이끈 완전한 형이상학적 전복 과정을 보여줄 것이다. 논리적 자살자의 추론이 몇몇 비평가의 항의를 초래했을 때, 도스토옙스키는 『작가 일기』의 다음 호에서 자기 입장을 개진하고 이렇게 결론짓는다. "인간 존재에게 (영생이 없다면 자살할 정도로) 영생에 대한 믿음이 그토록 필요한 이유는, 그 믿음이 인류의 정상 상태이기 때문이다. 그렇다면 인간 영혼의 불멸은 의심할 바 없이 확실하다." 또한 그가 쓴 마지막 소설의 마지막 몇 페이지에서 신과의 거대한 투쟁이 끝날 무렵, 어린아이들이 알료샤에게 이렇게 묻는다. "카라마조프, 종교에서 말하는 게 사실인가요? 저세상에서 우리가 다시 태어나고, 다시 만난다는 게 진짜인가요?" 그러자 알료샤가 이렇게 대답한다. "물론이지, 우리는 다시 만나서, 그동안 있었던 모든 일을 서로 즐겁게 이야기할 거야."

이처럼 키릴로프, 스타브로긴, 이반은 패배했다. 『카라마조프가의 형제들』이 『악령』에 대답하고 있는 셈이다. 그것이 결론이다. 알료샤의 경우는 미시킨 공작[78]의 경우처럼 모호하지 않다. 병든 미시킨 공작은 미소와 초연함이 깃든 영원한 현재 속에 살거니와, 이 행복한 상태가 공작 자신이 말하는 영생일 수 있을 것이다. 공작과 방향은 다르지만, 알료샤도 영생을 강조한다. "우리는 다시 만날 거야." 자살과 광기는 더 이상 문제 되지 않는다. 영생과 영생의 환희를 확신하는 사람에게 그런 게 무슨 소용이 있겠는가? 인간은 현재의 행복을 신성과 바꾼다. "우리는 그동안 있었던 모든 일을 서로 즐겁게 이야기할 거야." 이처럼 키릴로프의 총성이 러시아 어디선가 울렸지만, 세계는 맹목적인 희망의 바퀴를 계속해서 굴렸다. 인간들은 '그것'을 이해하지

---

78 미시킨 공작은 도스토옙스키의 장편소설 『백치』의 주인공으로서 도스토옙스키가 빚은 가장 종교적인 작중인물 가운데 하나이다. 순수하게 선을 추구하는 그는 악이 횡행하는 속물 사회에서 백치로 취급받을 수밖에 없다.

못한 것이었다.

그러므로 여기서 우리에게 말하는 소설가는 부조리한 소설가가 아니라 실존적인 소설가라고 해야 옳다. 여기서도 비약은 더없이 감동적이고, 그 비약을 고취하는 예술을 위대하게 만든다. 하지만 그것은 회의로 물들고, 불확실하고, 광적이고, 가슴 아픈 동의이다. 『카라마조프가의 형제들』에 대해 도스토옙스키는 이렇게 썼다. "이 책 전반에 걸쳐 다룰 핵심 문제는 내가 의식적으로든 무의식적으로든 평생 고통받았던 문제, 즉 신이 존재하는가라는 문제이다." 이처럼 전 생애에 걸쳐 겪었던 고통을 환희에 찬 확신으로 바꾸는 데 단 한 권의 소설로 충분했다는 사실은 정말이지 믿기 어렵다. 한 비평가[79]가 그 점을 올바르게 지적했다. 즉 도스토옙스키는 내심 이반에 강하게 연결되어 있다는 것이다. 게다가 『카라마조프가의 형제들』의 긍정적인 몇몇 장(章)은 도스토옙스키에게 3개월이라는 장시간의 노고를 요구한 반면, 그가 '신성모독'이라고 부른 몇몇 장은 단 3주일 만에 열광 속에서 집필되었다. 그의 작중인물 가운데 살에 박힌 가시에 시달리지 않은 인물은 하나도 없고, 이를 치료하는 약을 관능이나 부도덕[80]에서 찾지 않은 인물 또한 하나도 없다. 어쨌든 이 회의라는 문제를 잠시 생각해보자. 한낮의 햇빛보다 더욱 강렬한 명암 속에서 자신의 희망에 맞서

---

79 보리스 드 슐뢰제르. [원주]
   보리스 드 슐뢰제르(Boris de Schloezer, 1881-1969)는 러시아계 프랑스 작가이자 번역가이다.
80 앙드레 지드의 흥미롭고 날카로운 통찰. 즉 도스토옙스키의 주인공은 거의 모두 일부다처의 남자이다. [원주]

싸우는 인간의 투쟁을 그린 작품이 여기에 있다. 투쟁의 끝에 이르러, 창조자는 자기 인물들과 반대되는 방향을 선택한다. 이 모순으로 인해 하나의 뉘앙스가 생긴다. 여기서 말하는 작품은 부조리한 작품이 아니라 부조리한 문제를 제기하는 작품이다.

도스토옙스키가 찾은 답은 굴종인데, 스타브로긴은 이를 '치욕'이라고 부른다. 하지만 진정으로 부조리한 작품은 답을 제시하지 않거니와 바로 여기에 결정적 차이점이 있다. 끝으로 이런 사실에 유념하자. 즉 부조리한 작품에서 부조리와 모순되는 것은 작품의 기독교적 성격이 아니라 작품이 보여주는 내세의 예고이다. 우리는 기독교적인 동시에 부조리할 수 있다. 내세를 믿지 않는 기독교인의 예를 찾기란 어렵지 않다. 그러므로 예술 작품을 통해 우리가 앞서 예감할 수 있었던 부조리 분석의 여러 방향 중 하나를 분명히 밝힐 수 있으리라. 예술 작품은 이를테면 '복음의 부조리성'이라는 문제를 제기한다. 예술 작품은 기독교적 확신이 불신앙을 막지 못한다는 골치 아픈 생각을 분명하게 보여준다. 그렇지만 『악령』의 작가는 이런 길에 익숙함에도 결국 전혀 다른 길을 선택했다는 사실을 우리는 알고 있다. 창조자가 자기 인물들에게, 즉 도스토옙스키가 키릴로프에게 준 놀라운 대답은 이렇게 요약된다. 실존은 거짓된 것인 '동시에' 영원한 것이다.

내일 없는 창조

여기서 나는 우리가 희망[81]을 영원히 회피할 수 없으며, 희망에서 해방되기를 바라는 사람들조차 끊임없이 희망에 시달릴 수 있다는 사실을 깨달았다. 이것이 지금까지 우리가 살펴본 작품들에서 내가 발견한 진실이다. 나는 적어도 창조의 차원에서 진정으로 부조리한 몇몇 작품을 꼽을 수 있으리라.[82] 그러나 모든 일에는 시작이 중요한 법이다. 이 탐구의 목적지는 모종의 성실성이다. 교회가 이단자에게 그토록 가혹했던 것은 길을 잘못 들어선 자식보다 더 나쁜 적은 없다고 생각했기 때문이다. 하지만 그노시스파의 도발적 역사나 마니교의 줄기찬 존명은 역설적으로 정통 교의의 확립을 위해 기독교의 온갖 기도문보다 더 크게 이바지했다. 물론 차이는 있겠지만, 부조리의 경우도 마찬가지이다. 우리는 부조리에서 멀어지는 길들을 발견함으로써 부조리의 정도(正道)를 인식할 수 있다. 부조리한 추론의 끝에 이르러,

---

81 여기서 카뮈가 말하는 '희망'에 대해서는 각주 8번을 참고할 것.

82 예를 들면 허먼 멜빌의 『모비 딕』. [원주]

그 논리가 요구하는 태도 중 하나에 더없이 비장한 얼굴로 끼어드는 희망을 만나는 것은 결코 무심히 넘길 일이 아니다. 이것은 부조리가 걷는 고행의 길이 얼마나 험난한지를 잘 보여준다. 이것은 특히 의식이 끊임없이 깨어 있어야 할 필요성을 보여주며, 그런 면에서 이 시론의 전체적인 틀에 일치한다.

그러나 여기서 부조리한 작품을 일일이 열거할 필요는 없을지라도, 부조리한 삶을 보완할 수 있는 태도 중 하나인 창조적 태도에 대해 일정한 결론을 내릴 수는 있지 않을까. 예술은 부정적 사유, 즉 거꾸로 뒤집어 본 사유를 통해서만 발전할 수 있다. 흰색을 이해하기 위해서는 검은색이 필요하듯, 위대한 작품을 이해하기 위해서는 이 모욕받은 어둠의 방식이 필요한 것이다. '아무런 이유 없이' 작업하고 창조하는 것, 진흙으로 조각하는 것, 자신의 창조에 내일이 없음을 아는 것, 자기 작품이 하루 만에 파괴되는 것도 자기 작품이 장구한 미래를 위해 제작되는 것도 모두 근본적으로 중요한 문제가 아님을 인식하는 것, 이런 것이 부조리한 사유가 우리에게 주는 쉽지 않은 지혜이다. 한편으로 부정하고 다른 한편으로 찬양하는 이 두 가지 과업을 병행하는 것, 그것이 바로 부조리한 창조자에게 열린 길이다. 그는 허공을 자신의 색깔로 물들여야 한다.

이것은 예술 작품에 대한 특별한 개념으로 우리를 이끈다. 사람들은 너무나 자주 창조자의 작품을 서로 동떨어진 일련의 증언으로 간주한다. 말하자면 그들은 예술가와 글쟁이를 혼동하는 것이다. 하나의 심오한 사상은 끊임없이 변화하고 생성되며, 삶의 경험과 결합하여 정치하게 다듬어진다. 이와 마찬가지로 한 인간의 독자적인 창조는 그가 발표하는 작품의 연속적이고 다양한 얼굴을 통해 점차 견고해진다. 어떤 작품은 다른 작품을 보완하거나 수정하거나 바로잡거나 심지어 반박한다. 만일 무엇인가가 창조를 종결짓는다면, 그것은 "나는 모든 걸 말했어"라는 눈먼 예술가의 의기양양하면서도 허망한 외침이 아니라, 자기의 경험을 끝내는 동시에 자기의 재능을 모두 쏟은 책을 닫아버리는 창조자의 죽음일 것이다.

이런 노력, 이런 초인적인 의식이 반드시 독자의 눈에 드러나지는 않는다. 물론 인간의 창조에는 신비가 없다. 의지가 기적을 이룬다. 하지만 적어도, 비밀이 없이는 진정한 창조도 없다. 아마도 일련의 작품은 동일한 사상을 담은 일련의 근사치에 불과하지 않을까. 우리는 병렬 작업을 통해 작품을 만드는 다른 분야의 창조자들을 상상해볼 수 있다. 그들의 작품들은 일견 서로 아무런 관계가 없는 것처럼 보이기도 한다. 심지어 어느 정도 모순적이기까지 하다. 그러나 전체적인 관점에서 보면, 그 작품들은 더할 나위 없이 질서정연하다. 그 작품들이 결정적 의미를 획득하는 계기는 다름 아닌 창조자의 죽음이다. 그 작품들은 창조자의 삶으로부터 가장 밝은 빛을 받는다. 이때 창조자가 남긴 일련의 작품은 실패의 컬렉션일 수 있다. 그러나 만약 이 실패들이 모두 똑같은 울림을 들려준다면, 창조자는 그가 지닌 인간 조건의 이미지를 반복적으로 보여주고 또 그가 간직한 불모의 비밀을 널리 울려 퍼지게 한 셈이리라.

물론 여기서도 영향력 있는 작품이 되려는 열망은 상당하다. 하지만 인간 지성은 그 이상의 열망도 다스릴 수 있다. 인간 지성은 오직 창조의 의지적 양상만을 보여줄 것이다. 나는 인간 의지가 의식을 생생하게 유지하는 것 외에 다른 목적을 지니고 있지 않다는 사실을 다른 곳에서 이미 설명한 바 있다. 하지만 그것은 규율 없이 이루어질 수 없다. 인내심과 명증성을 배우는 학교 중에서 창조가 가장 효과적인 학교이다. 창조는 또한 인간이 가진 유일한 존엄성을 놀라운 방식으로 증언하기도 한다. 이를테면 자신의 조건에 맞선 끈질긴 반항, 불모의 노력인 줄 알면서도 노력을 계속하는 불굴의 투지가 그 존엄성이다. 창조는 일상적인 노력, 자제력, 진리의 한계에 대한 정확한 판단, 절도와 힘을 요구한다. 창조는 하나의 고행이다. 그 모든 것이 '아무런 이유 없이' 그저 되풀이되고, 제자리걸음 하기 위해서 요구된다. 어쩌면 위대한 예술 작품은 그 자체로 중요하다기보다는, 그것이 인간에게 시련을 요구하고, 인간에게 자신의 망령을 이겨내고 자신의 적나라한 현실에 좀 더 가까이 접근할 기회를 주기 때문에 중요하다고 할 수 있으리라.

여기서 중시하는 미학을 혼동하지 않기를 바란다. 내가 개진하는 것은 하나의 테제에 대한 집요한 정보 제공, 또는 줄기차면서도 쓸모없는 예증이 아니다. 내가 제대로 설명했는지 모르겠지만, 오히려 그런 예증의 반대이다. 경향소설, 즉 무엇인가를 증명하려는 소설, 가장 혐오스러운 소설은 대개 '자기만족에 빠진' 하나의 사상에서 촉발된다. 경향소설을 쓰는 작가들은 그들이 담지하고 있다고 여기는 진리를 증명하려고 한다. 하지만 그들이 내세우는 것은 이념인데, 이념은 사상에 반대되는 것이다. 그런 창조자들은 수치스러운 철학자들이다. 내가 말하거나 상상하는 창조자들은 반대로 명징한 사상가들이다. 사상이 자신을 반성하고 성찰하는 지점에서, 이 명징한 창조자들은 자기 작품의 이미지를 한계 있고 필멸하나 반항하는 어떤 사상의 명백한 상징으로 내세운다.

아마도 이런 작품 또한 무엇인가를 증명하고 있으리라. 그러나 작품을 쓴 소설가들은 그 증거를 남에게 제시하는 게 아니라 자신에게 제공한다. 본질적으로 중요한 것은 그들이 구체적인 것을 통해 승리하며, 바로 그것이 그들의 위대함이라는 사실에 있다. 추상적인 힘을 굴복시키는 하나의 사상이 이처럼 지극히 구상적이고 육체적인 승리를 그들에게 안겨준다. 추상적인 힘이 완전히 패퇴했을 때, 구상과 육체가 그 부조리한 광채로 창조를 찬란하게 빛나게 한다. 열정의 작품을 만드는 것은 바로 아이러니한 철학이다.

모름지기 통일성을 포기하는 사상은 다양성을 고취한다. 다양성이야말로 예술의 집이다. 정신을 해방하는 유일한 사상은 자신의 한계와 임박한 종말을 확신한 정신을 홀로 내버려두는 사상이다. 어떤 교의도 이 정신을 유인하지 못한다. 이 정신은 작품과 인생의 성숙을 기다리고 있다. 정신에서 떨어져 나온 최초의 작품이 희망에서 영원히 해방된 한 영혼의 숨죽인 목소리를 다시 한번 들려줄 것이다. 만일 창조자가 자신의 유희에 지친 나머지 방향을 바꾸려 한다면, 그 작품은 아무런 목소리도 들려주지 못할 것이다. 두 상황이 똑같이 열려 있다.

◇ ◇ ◇

　이처럼 내가 사상에 대해 요구했던 것, 즉 반항과 자유와 다양성을 나는 부조리한 창조에 대해서도 요청한다. 부조리한 창조는 뒤이어 그 깊은 무용성을 드러낼 것이다. 지성과 열정이 서로 뒤섞이고 서로 자극하는 일상적 노력을 통해, 부조리 인간은 그의 힘을 본질적으로 조율할 하나의 규율을 발견한다. 거기에 필요한 열의, 집요한 고집, 명징한 통찰력은 정복자의 태도와 일치한다. 창조한다는 것은 자신의 운명에 하나의 형태를 부여한다는 것이다. 그 모든 작중인물의 경우, 그들이 자신의 작품을 정의하는 것만큼 작품이 그들을 정의한다. 배우는 우리에게 다음과 같은 사실을 가르쳐주었다. 가상과 실제 사이에는 경계가 없다.

　다시 한번 짚어두자. 그 모든 것 가운데 어느 것도 현실적인 의미가 없다. 이 자유의 길 위에서, 여전히 앞으로 나아가지 않으면 안 된다. 창조자든 정복자든 이 정신의 혈족들이 기울여야 할 마지막 노력은 그들이 기도(企圖)하는 일에서 스스로 해방될 줄 알고, 정복이든 사랑이든 창조든 그들의 작품이 존재하지 못할 수도 있음을 인정할 줄 알고, 그리하여 개인적 삶의 근본적인 무용성을 깊이 깨달을 줄 아는 데 있다. 그렇게 할 때, 그들은 작품을 더욱 풍요롭게 형상화할 수 있게 된다. 다시 말해 삶의 부조리를 깨달음으로써 지극한 열정과 더불어 삶 속으로 깊이 뛰어들 수 있는 것이다.

　이제 남은 것은 운명인데, 그 운명의 끝은 불가항력적이다. 죽음이라는 유일한 불가항력적 숙명을 제외하면, 기쁨이든 행복이든 모든 것이 자유롭다. 인간이 유일한 주인인 하나의 세계가 남는 것이다. 인간을 옭아맨 것은 내세에 대한 환상이었다. 인간의 사유가 가야 할 길은 더 이상 자신을 포기하는 게 아니라, 여러 이미지 속으로 도약하는 데 있다. 그 사유는 아마도 신화 속에서, 그것도 오로지 인간의 고통만큼 깊은 신화, 그 고통처럼 끝날 줄 모르는 신화 속에서 전개된다. 그저 우리를 즐겁게 하고 눈멀게 하는 신성한 전설이 아니라, 험난한 지혜와 내일 없는 열정이 담긴 이 땅의 얼굴과 몸짓과 드라마 속에서 말이다.

시지프
신화

신들은 시지프에게 바위를 산정으로 쉼 없이 굴려 올리는 형벌을 내렸다. 바위는 제 무게를 못 이겨 번번이 산기슭으로 굴러떨어졌다. 무용하고 희망 없는 노동보다 더 끔찍한 형벌은 없으리라고 생각한 신들의 견해는 틀리지 않았다.

호메로스에 따르면, 시지프는 필멸의 인간 중에서 가장 슬기롭고 신중한 자였다. 그러나 또 다른 전설에 따르면, 그는 강도였다. 내가 보기에 두 이야기는 서로 모순되지 않는다. 시지프가 지옥에서 무용한 노동을 하도록 신벌을 받은 이유에 대해서는 의견이 분분하다. 우선 그는 신들과의 관계에서 경솔하게 처신했다는 비난을 받는다. 즉 그가 신들의 비밀을 누설했다는 것이다. 강의 신 아소포스의 딸 아이기나가 제우스에게 납치당했다. 딸이 사라져서 깜짝 놀란 아소포스는 코린토스의 시조 시지프에게 하소연했다. 제우스가 그녀를 납치한 사실을 알고 있었던 시지프는 아소포스에게 코린토스 성에 물을 대주면 비밀을 알려주겠노라고 제안했다.[83] 시지프에게는 하늘의 번개보다 물의 혜택이 더 중요한 것이었다. 이로 말미암아 그는 결국 지옥에

떨어지는 신벌을 받았다. 호메로스는 시지프가 죽음의 신 타나토스를 쇠사슬로 묶었다는 전설도 이야기한다.[84] 하데스는 사막처럼 조용한 자신의 왕국을 보고 격분했다. 그는 전쟁의 신 아레스를 급파해서 타나토스를 시지프의 손에서 구출했다.

또 다른 전설에 따르면, 죽음이 임박한 시지프는 경솔하게도 아내의 사랑을 시험해보고 싶었다. 그는 아내에게 장례를 치르지 말고 자신의 시신을 광장 한복판에 내다 버리라고 명했다. 시지프는 지옥으로 떨어졌다. 그러자 지옥에서, 인간적 사랑을 저버린 채 그의 말에 복종한 아내에게 분격한 그는 아내를 벌하기 위해 잠시 지상으로 보내달라고 하데스에게 간청하여 허락을 받았다. 그러나 이 세상의 얼굴을 다시 만나고 물과 태양, 따뜻한 돌과 바다를 다시 맛보자 더 이상 지옥의 어둠 속으로 돌아가고 싶지 않았다. 수차례의 소환, 분노, 경고에도 아랑곳하지 않았다. 여러 해 동안 시지프는 부드럽게 굽은 만(灣), 햇빛이 반짝이는 바다, 미소 짓는 대지를 보며 살았다. 신들의 판결이 불가피했다. 제우스의 전령 헤르메스가 와서 이 대담한 자의 목덜미를 잡아 쾌락에서 끌어냈고, 바위가 준비되어 있는 지옥으로

---

83 시지프가 다스리던 코린토스 성은 내부에 샘물이 없어 바깥에서 물을 길어 와야 하는 불편을 겪고 있었다.

84 시지프가 비밀을 발설했다는 사실을 알게 된 제우스는 신들의 일에 끼어든 시지프를 지옥으로 끌고 가라고 죽음의 신 타나토스를 보냈다. 그러나 이를 예상한 시지프가 오히려 타나토스를 제압하여 감금해버렸다. 타나토스의 일이 멈춰 지상에서 죽는 사람이 없어지자, 지하 세계를 관장하던 사자(死者)의 신 하데스가 분노했다. 하데스는 전쟁의 신 아레스를 보내 타나토스를 구출했고, 타나토스는 시지프를 지하 세계로 데려갔다.

강제로 끌고 갔다.

　우리는 벌써 시지프가 부조리의 영웅임을 깨닫게 된다. 그의 고통뿐만 아니라 열정에 비추어서도 그는 부조리의 영웅이다. 신들에 대한 경멸, 죽음에 대한 증오, 삶을 위한 열정이 결코 완결할 수 없는 일에 전 존재를 바쳐야 하는 그 형언할 수 없는 형벌을 그에게 초래했다. 이것이 바로 이 땅에 대한 사랑으로 그가 치러야 할 대가였다. 지옥에서 시지프가 어떻게 지냈는지에 관한 한, 전승되는 이야기는 아무것도 없다. 신화는 상상력에서 생명과 활기를 얻으므로 상상력을 발휘해보자. 시지프 신화의 경우, 거대한 바위를 들어 산정까지 굴려 올리고, 수없이 그 일을 되풀이하느라 팽팽히 긴장된 육체의 노고가 보인다. 경련을 일으키는 얼굴, 바위에 밀착된 뺨, 진흙투성이의 육중한 바위를 떠받치느라 떨리는 어깨와 이를 지탱하느라 휘청이는 다리, 사투를 시작하기 위해 쭉 뻗은 두 팔, 흙이 잔뜩 묻은 너무나 인간적인 두 손이 보인다. 하늘 없는 공간과 깊이 없는 시간으로 가늠되는 이 기나긴 노고의 끝에 이르러, 바야흐로 목표가 달성된다. 그때 시지프는 순식간에 저 아래 세계로 굴러떨어지는 바위를 보게 되는데, 거기서부터 산정까지 다시 바위를 굴려 올려야 하는 것이다. 그는 다시 들판으로 내려간다.

　시지프가 나의 관심을 끄는 것은 바로 저 되돌아오는 발걸음, 바로 저 간발의 휴식 시간 때문이다. 그토록 바위에 달라붙어 짓눌린 얼굴은 그 자체가 바위나 다름없지 않은가! 그 사내가 끝 모를 고통을 향해 무거우나 한결같은 걸음으로 다시 내려오는 모습이 내 눈에 보이는 듯하다. 하나의 숨결 같은 시간, 그의 불행만큼 어김없이 되찾아오

프란츠 폰 슈투크, 〈시지프〉, 1920년

는 이 시간은 바로 의식의 시간이다. 그가 산정을 떠나 신들의 소굴로 한 걸음씩 내려갈 때마다, 그는 오히려 그의 운명보다 더 높이 올라가는 셈이다. 요컨대 그는 그의 바위보다 더 강하다.

이 신화가 비극적인 것은 그 주인공의 의식이 깨어 있기 때문이다. 만약 그가 한걸음 옮길 때마다 성공의 희망이 그를 받쳐준다면, 그가 고통스러워할 이유가 어디에 있겠는가? 오늘날의 노동자는 날마다 똑같은 일을 하고 있거니와, 그 운명은 시지프 못지않게 부조리하다. 하지만 그 운명은 단지 의식이 깨어 있는 흔치 않은 순간에만 비극적이다. 신들 가운데 프롤레타리아인 시지프, 무력하면서도 반항적인 시지프는 자신에게 주어진 비참한 조건의 내용을 모두 인식하고 있다. 그가 산정에서 내려오는 동안 생각하는 것은 바로 이 조건이다. 그의 고통을 불러일으키는 명징한 통찰은 동시에 그의 승리를 완성한다. 도전으로 극복되지 않는 운명이란 없다.

하산은 흔히 고통 속에서 이루어지지만, 지극한 환희 속에서 이루어질 수도 있다. 이것은 지나친 말이 아니다. 나는 바위를 향해 되돌아가는 시지프를 상상한다. 처음부터 얼마나 고통스러웠으랴. 지상의 이미지가 아직도 너무나 생생하게 떠오를 때, 행복의 부름이 아직도 너무나 강렬할 때, 사내의 마음속에서는 당연히 슬픔이 고개를 쳐들기 마련이다. 이를테면 그 슬픔은 바위의 승리요, 바위 그 자체이다. 엄청난 비탄은 감당하기에 너무나 무겁다. 이것은 우리가 맞이하는 겟세마네 동산의 밤이다.[85] 그러나 아무리 압도적인 진실도 인식을 거치면 힘을 잃는다. 예컨대 오이디푸스는 처음에 그런 줄도 모르게 운명에 복종한다. 그의 비극이 시작되는 것은 그가 운명을 알게 되는 순간부터이다. 그러나 바로 그 순간, 눈멀고 절망한 그는 자신을 이 세상에 묶어주는 유일한 끈이 어린 딸의 생기 있는 손이라는 사실을 깨닫는다.[86] 이때 그의 입에서 나온 놀라운 한마디가 메아리친다. "그토록 많은 시련을 겪었지만, 나의 노령과 깊은 영혼으로 나는 판단하노니 모든 게 잘 되었도다." 소포클레스의 오이디푸스는 도스토옙스키의 키릴로프처럼 부조리의 승리를 선언하고 있다. 고대의 예지가 현대의 영웅주의와 합류하는 셈이다.

부조리를 발견하면 우리는 행복의 개론서를 쓰고 싶은 유혹을 느끼지 않을 수 없다. "아니, 뭐라고! 이토록 좁은 길을 통해서…?" 그러나 세계는 하나뿐이다. 행복과 부조리는 똑같은 대지의 두 아들이다. 둘은 서로 분리될 수 없다. 하지만 행복이 반드시 부조리의 발견에서 태어난다고 말한다면 잘못이리라. 거꾸로 부조리의 감정이 행복에서 태어날 수도 있다. 오이디푸스는 "나는 판단하노니 모든 게 잘 되었도다"라고 하는데, 이 말은 신성하다. 이 말은 거칠고 제한된 인간 세계에서 메아리친다. 이 말은 모든 게 완전히 소진되지는 않으며, 완전히

---

85 각주 63번을 참고할 것.

86 오이디푸스 왕은 자신이 친아버지를 살해하고 친어머니와 결혼했다는 사실을 알게 되었을 때, 친어머니이자 왕비인 이오카스테의 브로치로 자기 눈을 찔러 맹인이 되며, 딸 안티고네의 손을 잡고 방랑길에 오른다.

소진되지도 않았음을 가르쳐준다. 이 말은 무용한 고통에 대한 취미와 불만족을 품고 이 세계에 들어온 신을 세계로부터 추방한다. 환언하면 이 말은 운명을 인간끼리 해결해야 할 인간의 문제로 만든다.

시지프의 고요한 기쁨은 송두리째 여기에 있다. 그의 운명은 바로 그의 것이다. 그의 바위는 바로 그의 것이다. 부조리 인간이 자신의 운명을 똑바로 응시할 때, 모든 우상은 침묵할 수밖에 없다. 그리하여 문득 태초의 침묵으로 되돌아간 우주에서, 경이에 찬 조용한 목소리가 대지로부터 무수히 솟아오른다. 무의식적이고 비밀스러운 부름과 온갖 얼굴의 초대를 뜻하는 그 목소리들은 승리의 필연적인 이면이자 승리에 대한 값진 보상이다. 음지 없는 양지는 없으므로 밤을 겪지 않으면 안 된다. 부조리 인간은 '그렇다'라고 대답하며, 이제 그의 노력은 멈추지 않을 것이다. 개인적인 운명은 있을지라도 초월적인 운명은 없다. 설령 있다 해도 부조리 인간이 치명적이고 경멸할 만하다고 판단하는 단 하나의 초월적 운명이 있을 뿐이다. 부조리 인간은 자신이 자기 삶의 주인이라는 사실을 알고 있다. 부조리 인간이 자기 인생으로 돌아가는 이 미묘한 순간에, 시지프는 자기 바위를 향해 돌아가면서 일련의 행동을 무심히 응시하는데, 그 일련의 행동은 그가 창조하고 그의 기억 아래 통합되고 머잖아 그의 죽음에 의해 봉인될 그의 운명을 이룬다. 이처럼 인간적인 모든 것의 인간적인 기원을 확신하는 부조리 인간, 앞을 환히 보고 싶지만 끝없는 어둠의 존재를 아는 부조리 인간은 그럼에도 여전히 걸음을 옮기고 있다. 바위는 또다시 굴러떨어진다.

나는 시지프를 산기슭에 남겨두리라! 우리는 여전히 그의 무거운

짐을 발견한다. 그러나 시지프는 신들을 부정하고 바위를 들어 올리는 고차원적 성실성을 우리에게 보여준다. 그 역시 모든 게 잘 되었다고 판단한다. 이제부터 주인 없는 이 우주가 그에게는 황폐하게도 하찮게도 보이지 않는다. 이 돌 부스러기 하나하나, 어둠이 깊은 이 산의 광물적 빛 하나하나가 그것만으로도 하나의 세계를 이룬다. 산정을 향한 투쟁 그 자체가 인간의 마음을 가득 채우기에 충분하다. 행복한 시지프를 상상하지 않으면 안 된다.

에드바르 뭉크, 〈태양〉, 1911년

부록

프란츠 카프카의 작품에
나타난 희망과 부조리

프랑스판 편집자의 말

우리가 부록으로 싣는 프랑스 카프카 연구는『시지프 신화』초판에서「도스토옙스키와 자살」이라는 장(章)으로 대체되었다.[87] 이 프랑스 카프카 연구는 1943년에 잡지『라르발레트』에 실렸던 글이다.

　여기서 독자는 도스토옙스키에 관한 글에서 이미 다룬 부조리한 창조에 대한 비평을 또 다른 관점에서 다시 만날 것이다.

87　이 책에 부록으로 실린「프란츠 카프카의 작품에 나타난 희망과 부조리」는 원래 본문에 포함되어 있었다. 그러나 카프카가 유대계 체코 작가인 데다 그의 소설이 지배 권력을 비판했기에, 갈리마르 출판사는 독일군의 검열을 우려하여 삭제를 강권했다. 결국 카뮈는 카프카론을 도스토옙스키론으로 대체했다.

카프카의 예술적 힘은 독자로 하여금 그것을 어쩔 수 없이 다시 읽게 만드는 데 있다. 카프카 작품의 결말 또는 결말의 결여는 이런저런 설명을 암시하지만, 그 설명은 작품에 분명히 드러나 있지 않으며, 그것이 감지되려면 새로운 각도에서 이야기가 다시 읽혀야 한다. 때로는 이중의 해석이 가능하기에, 작품을 두 번 읽을 필요성이 생긴다. 작가가 추구한 게 바로 이것이다. 그러나 카프카 작품을 세부까지 속속들이 해석하려 드는 것은 잘못이리라. 하나의 상징은 언제나 작품 전체에 비추어 존재하며, 아무리 정확하게 표현하더라도 예술가는 전체적인 동향만을 재현할 수 있다. 말하자면 단어 대 단어 식으로 표현되고 해석될 수는 없는 것이다. 기실 상징적인 작품보다 더 이해하기 어려운 것은 없다. 상징은 언제나 그것을 사용하는 작가를 초월하며, 작가가 의식적으로 표현하는 내용보다 더 많은 것을 말한다. 이런 면에서 상징을 해석하는 가장 확실한 방법은 그것을 쓸데없이 부풀리지 않는 것, 작품을 미리 계산해둔 정신으로 읽지 않는 것, 작품의 비밀스러운 흐름을 억지로 찾으려 하지 않는 것이다. 특히 카프카의 경우에는 그의 유희를 받아들이면서, 외관을 통해 드라마에 접근하고 형식을 통해 소설에 접근하는 것이 바람직하다.

언뜻 보면 거리를 두고 읽는 독자에게 카프카의 작품은 몹시 불안한 모험으로 다가오는데, 여기 등장하는 인물들은 명쾌하게 설명할 수 없는 문제에 집요하게 매달리며 끊임없이 동요하는 모습을 보인다. 『소송』[88]에서 요제프 K는 피고인이다. 그러나 그는 죄목이 무엇인지 알지 못한다. 물론 그는 자신을 변호하고자 애쓰지만, 왜 그렇게 해야 하는지를 모른다. 그의 변호사들은 그가 소송에서 이기기 힘들 거라고 여긴다. 그러는 동안에도 그는 변함없이 사랑하거나 음식을 먹거나 신문을 읽는다. 뒤이어 그는 재판을 받는다. 법정은 매우 어둡고 그는 여전히 영문을 모른다. 그는 유죄 선고를 받은 모양이라고 느낄 뿐, 구체적인 형벌이 무엇인지에 대해서는 깊이 생각하지 않는다. 이따금 그 문제가 떠오르지만 계속해서 살아갈 뿐이다. 오랜 시간이 지난 후, 정장 차림의 예의 바른 두 신사가 그를 찾아와서 자기들을 따라오라고 청한다. 그들은 더없이 정중하게 그를 어두침침한 교외로 데리고 가며, 거기서 그의 머리를 돌에 올려놓고 목을 베어 죽인다. 죽기 전에 죄수는 단지 이렇게 말할 뿐이다. "개처럼."

알다시피 자연스러움이 가장 훌륭한 덕목인 하나의 이야기에서 상징을 논하기는 쉽지 않다. 하지만 자연스러움이란 이해하기가 어려운

---

88 독일어 원제를 우리말로 옮기면 '소송'인데, 일본에서 『심판』으로 옮긴 이후 한국에서도 오랫동안 『심판』으로 옮겨왔다. 하지만 최근에는 『소송』으로 옮기는 사례가 많으므로 이를 따르고자 한다.

범주이다. 독자에게 사건이 자연스러워 보이는 작품들이 있다. 또한 (훨씬 드문 경우이기는 하지만) 작중인물이 자기에게 일어나는 일이 자연스럽다고 여기는 작품들도 있다. 기이하지만 분명한 역설은 작중인물의 모험이 특별하면 특별할수록 이야기가 더욱더 자연스럽게 느껴진다는 사실이다. 즉 자연스러움은 한 사람의 인생이 보이는 특이성과 그 사람이 인생을 받아들이는 단순성 사이의 거리에 정비례한다. 이런 자연스러움이 곧 카프카의 자연스러움인 듯하다. 사람들은 『소송』이 뜻하는 바가 무엇인지를 느낄 수 있다. 그들은 그것을 인간 조건에 대한 하나의 이미지로 보았다. 아마도 그럴 것이다. 그러나 그것은 더욱 단순한 동시에 더욱 복잡하다. 다시 말해 이 소설의 의미는 카프카에게 더욱 특별하고 개인적인 것이라고 할 수 있다. 어떤 면에서 그는 우리에게 고백하고 있지만, 그 고백의 내용은 전적으로 그의 것이다. 그는 삶을 살다가 유죄를 통고받는다. 그는 자기가 쓰는 소설의 도입부에서 자신이 유죄라는 걸 알게 되며, 상황을 바로잡고자 노력하나 그다지 놀라지는 않는다. 그는 오히려 놀라움이 없다는 바로 그 사실에 진정으로 놀랄 것이다. 바로 이런 모순을 통해 우리는 부조리 작품의 첫 징후를 인식하게 된다. 여기서 인간은 자신의 정신적 비극을 구체적인 세계 속에 투영하고 있다. 인간이 그렇게 할 수 있는 것은 오직 하나의 항구적인 역설을 통해서인데, 이 역설은 여러 색깔에 공허를 표현할 능력을 부여하고 여러 일상적 몸짓에 영원한 야망을 표현할 힘을 부여한다.

◇ ◇ ◇

이와 마찬가지로, 『성』(城)은 행동으로 보여주는 신학이라고 할 수 있지만, 무엇보다 자신의 은총을 구하는 한 영혼의 개인적 모험이요, 이 세계의 사물들에서 그 장엄한 비밀을, 여자들에게서 그녀들의 내면에 잠든 신의 징후를 찾는 한 남자의 개인적 모험이다. 『변신』 또한 명증성의 윤리학을 주제로 무시무시한 판화를 제시하지만, 한 인간이 느닷없이 벌레로 변한 자신을 느끼면서 겪는 가공할 경악의 표현이기도 하다. 카프카의 비밀은 바로 이 근본적인 모호성에 존재한다. 자연스러운 것과 특별한 것, 개인적인 것과 보편적인 것, 비극적인 것과 일상적인 것, 부조리와 논리 사이의 항구적 균형은 그의 전 작품을 통해 드러나며, 그의 작품에 고유한 울림과 의미를 부여한다. 부조리한 작품을 이해하기 위해서는 이런 역설들을 열거해야 하고, 이런 모순들을 강화해야 한다.

상징은 과연 두 세계의 관념과 감각 및 그 두 세계의 합일을 해설하는 하나의 사전(辭典)을 전제로 한다. 그러나 그런 사전을 만드는 것은 너무나 어려운 일이다. 두 세계를 의식한다는 것은 곧 두 세계의 비밀스러운 관계의 길로 진입한다는 것이다. 카프카의 경우, 이 두 세계는 일상생활의 세계와 초자연적 불안의 세계이다.[89] 우리가 보기에, 니체

---

89 카프카의 작품들을 (예컨대 『소송』을) 당연히 사회 비평의 방향에서 해석할 수 있다는 사실도 지적하자. 구태여 한쪽만을 선택할 필요는 없다. 두 해석 다 의미가 있다. 이미 검토한 대로 부조리의 관점에서 보면, 인간들에 대한 반항은 '또한' 신에 대한 반항을 함의한다. 즉 위대한 혁명은 늘 형이상학적이다. [원주]

의 다음과 같은 말이 여기서 끝없이 활용되는 듯하다. "위대한 문제들은 거리에 있다."

모든 문학의 주제라고 할 수 있는 인간 조건에는 근본적인 부조리와 동시에 확고한 위대성이 존재한다. 이 둘은 너무나 자연스럽게 합류한다. 거듭 말하지만, 둘 다 터무니없이 과도한 우리 영혼의 욕망과 반드시 소멸할 우리 육체의 기쁨 사이의 어처구니없는 절연에서 모습을 드러낸다. 그처럼 과도하게 육체를 초월하는 것이 다름 아닌 그 육체의 영혼이라는 사실, 바로 그것이 부조리이다. 이 부조리를 형상화하려는 작가의 경우, 부조리에 생명을 불어넣기 위해서는 반드시 평행을 그리는 두 세계를 대조하지 않으면 안 된다. 이런 까닭에 카프카는 일상적인 것을 통해 비극을 표현하고, 논리적인 것을 통해 부조리를 표현한다.

배우가 비극적 인물에 더 큰 힘을 부여하려면 그 인물을 절대로 과장하지 말아야 한다. 배우가 절제한다면 그가 불러일으키는 공포는 엄청난 수준에 이를 것이다. 이런 점에서 그리스 비극은 우리에게 시사하는 바가 너무나 많다. 비극 작품에서 운명은 언제나 논리와 자연스러움의 모습을 띨 때 더 실감이 난다. 오이디푸스의 운명은 미리 정해져 있다. 즉 그가 살인과 근친상간의 죄를 범하리라는 것은 초자연적으로 결정되어 있다. 드라마의 요체는 추론에 추론을 거듭하면서 주인공의 불행을 완결해나가는 논리 체계를 보여주는 것이다. 단순히 그 이례적인 운명을 우리에게 알려주는 것은 전혀 무섭지 않은데, 왜냐하면 전혀 그럴 법하지 않기 때문이다. 그러나 그 이례적인 운명의 필연성이 일상생활을 통해, 즉 사회, 국가, 가족적 감정을 통해 논증될

파울 클레, 〈발푸르기스의 밤〉, 1935년

때, 바로 그때 공포는 극에 달한다. 인간의 영혼을 뒤흔들고 인간으로 하여금 "이것은 있을 수 없는 일이야"라고 외치게 하는 반항 속에는, 이미 '이것'은 있을 수 있는 일이라는 절망적 확신이 존재하는 것이다.

이것이 바로 그리스 비극의 비밀 전체, 아니면 적어도 그 비밀의 양상 가운데 하나이다. 실제로 그 비밀의 다른 양상이 있는데, 그 양상은 앞에서 다룬 양상과는 반대되는 방법으로 우리로 하여금 카프카를 더 잘 이해하게 해줄 것이다. 인간의 마음은 단순히 무엇인가에 의해 짓눌리기만 해도 그 무엇인가를 운명이라고 부르는 유감스러운 경향을 지니고 있다. 하지만 사실상 행복 역시 이유 없이 찾아오는데, 왜냐하면 행복 또한 운명적이기 때문이다. 그럼에도 현대인은 행복을 느낄 때 자신이 잘해서 행복이 실현되었다고 여긴다. 이와 관련하여 그리스 비극의 특별한 운명들이나 오디세우스처럼 최악의 풍파 속에서 목숨을 건진 전설적인 인물들에 대해 많은 이야기를 할 수도 있으리라.

어쨌든 우리가 기억해야 할 것은 비극에서 논리적인 것과 일상적인 것을 결합하는 그 은밀한 공모 관계이다. 『변신』의 주인공 잠자가 외판사원인 이유가 바로 여기에 있다. 또한 자신이 벌레로 변한 기괴한 사태의 와중에서도 그를 괴롭히는 유일한 걱정거리가 사장이 자신의 결근 때문에 짜증을 내리라는 사실이 되는 이유가 바로 여기에 있다. 그의 몸에서 벌레의 발과 촉수가 돋아나고, 척추가 둥글게 휘어지고, 배에서 여기저기 하얀 반점이 생긴다. (이러니 그가 기겁하지 않을 거라고 말할 수 있을까, 실로 놀라운 변신이 아닌가.) 그렇지만 이 사태는 그에게 '가벼운 근심'을 불러일으킬 뿐이다. 카프카의 예술은 온통 이런 뉘앙스에 빠져 있다. 그의 주요 소설 『성』에서도 일상생활의 디테일이 지배적인 역할을 한다. 그러나 아무런 결실도 거두지 못하고 모든 것이 다시 시작되는 이 기이한 소설에서 문제는 자신의 은총을 추구하는 한 영혼의 본질적인 모험이다. 『소송』에서 주인공의 이름은 슈미트나 프란츠 카프카일 수도 있었으리라. 하지만 그는 요제프 K라고 불린다. 그는 카프카가 아니지만, 카프카이기도 하다. 그는 평균적인 유럽인이다. 그는 여느 사람과 똑같다. 그러나 그는 또한 육체의 방정식 x에 해당하는 개체 K이다.

이와 마찬가지로 만일 카프카가 부조리를 표현하고자 한다면, 그는 논리적 정합성을 사용할 것이다. 우리는 욕조에서 낚시하는 광인의 이야기를 알고 있다. 정신병 치료에 일가견이 있는 한 의사가 "물고기가 낚이나요?"라고 물었더니, 광인은 단호한 어조로 이렇게 대답했다. "아니, 바보 같으니라고, 이건 욕조잖아." 이것은 이상야릇한 유머이다. 하지만 여기서 우리는 얼마나 부조리 효과가 엄격한 논리에 연결되어 있는가를 실감한다. 카프카의 세계는 인간이 아무것도 낚지 못하리라는 사실을 알면서도 욕조에서의 낚시라는 고통스러운 사치를 부리는 형언할 수 없는 세계이다.

그러므로 나는 여기서 그 원칙부터 부조리한 하나의 작품을 인식하게 된다. 예를 들어 『소송』은 이런 면에서 완전히 성공한 작품이다. 육체가 승리하니까 말이다. 여기서는 아무것도 모자라는 게 없다. 겉으로 표현되지 않는 반항도(하지만 바로 그 반항이 글을 쓰고 있다), 명징하면서도 침묵하는 절망도(하지만 바로 그 절망이 창조하고 있다), 소설의 등장인물들이 최후의 죽음에 이르기까지 호흡하는 놀라운 자유도, 그 무엇도 부족하지 않다.

◇ ◇ ◇

그렇지만 이 세계가 겉보기처럼 그렇게 폐쇄된 것은 아니다. 진보 없는 이 우주 속에 카프카는 기이한 형태의 희망을 도입할 것이다. 이런 점에서는 『소송』과 『성』이 똑같은 방향으로 나아가지 않는다. 두 작품은 상호보완적이다. 전자에서 후자로 가면서 우리가 감지할 수 있는 눈에 보이지 않는 진전은 도피라는 차원에서 엄청난 발전을 나타낸다. 『소송』이 제기한 문제를 『성』이 어느 정도 해결하고 있다. 전자는 거의 과학적인 방법에 따라, 결론을 내리지 않고 묘사하는 데 그친다. 후자는 어느 정도 설명한다. 『소송』은 진단을 내리고, 『성』은 치료를 꿈꾼다. 그러나 여기서 처방된 약은 병을 낫게 하지는 못한다. 그것은 단지 병을 정상적인 생활 속으로 돌아가게 할 뿐이며, 병을 받아들이도록 도와준다. 어떤 의미에서 (키르케고르를 생각해보자) 그것은 병을 애지중지하게 만든다. 측량사 K는 그를 좀먹는 걱정거리 외에 다른 걱정거리를 상상할 수 없다. 그를 둘러싼 주변 사람들도 마치 여기서는 고통이 특권의 표지라도 되는 듯 모두 이 공허, 이 이름 없는 고뇌에 사로잡혀 있다. 프리다[90]는 K에게 이렇게 말한다. "내가 당

---

90 성의 권력자 클람의 애인이었던 프리다는 K의 연인이 되며, K가 성을 잊고 그녀와 함께 평범한 일상생활을 영위하기를 바랐으나 뜻대로 되지 않자 K를 떠난다.

신을 얼마나 갈망하는지 몰라. 당신을 알게 된 후로 당신이 곁에 없으면 난 온통 버림받은 느낌이야." 우리를 압제하는 것을 사랑하게 만들고 이 출구 없는 세계에서 희망을 태동시키는 이 기묘한 약, 모든 걸 변화시키는 이 갑작스러운 '비약'이야말로 실존적 혁명의 비밀이요, 『성』 자체의 비밀이다.

이야기의 전개 방식에서 『성』만큼 엄격한 작품은 찾기 힘들다. K는 성의 측량사로 임명되어 마을에 도착한다. 그러나 마을에서 성으로 연락하는 게 불가능하다. 수백 페이지에 걸쳐서 K는 집요하게 길을 찾고, 온갖 방법을 써보고, 잔꾀를 부리고, 우회로를 검토하고, 결코 화를 내지 않고, 놀라운 신념으로 그에게 주어진 직분을 수행하고자 한다. 각각의 장(章)은 하나의 실패이다. 그리고 동시에 하나의 새로운 시작이다. 이것은 논리가 아니라 연속된 정신에서 비롯된다. 극도의 집요함이 작품의 비극성을 이룬다. K가 성에 전화했을 때, 그에게 인지되는 거라고는 모호하게 뒤섞인 목소리들, 희미한 웃음소리들, 멀리서 들려오는 듯한 소리들뿐이다. 마치 여름 하늘에 드리우는 어떤 신호 또는 우리에게 삶의 이유를 주는 어떤 저녁의 약속처럼, 그것만으로도 그의 희망을 키우기에 족하다. 카프카에게 특유한 우수의 비밀이 바로 여기에 있다. 사실상 그것은 프루스트의 소설이나 플로티노스의 풍경에서 느껴지는 우수와 똑같은 우수, 말하자면 실낙원에 대한 향수이다. 올가[91]는 이렇게 말한다. "아침에 바르나바스가 성으로 간다고 말할 때마다 내 가슴이 미어져요. 그 여정은 십중팔구 쓸

---

91 성의 권력자 클람의 심부름꾼인 바르나바스의 누나이다.

데없고, 그 하루는 십중팔구 무의미하고, 그 희망은 십중팔구 헛된 것일 테니까 말이에요." '십중팔구', 이 말의 뉘앙스에 카프카는 그의 작품 전체를 건다. 하지만 아무런 효과가 없다. 여기서 영원의 추구가 아무리 치밀하게 이루어져도 아무런 소용이 없다. 신의 계시를 받은 자동인형 같은 카프카의 등장인물들은 위락[92]을 빼앗긴 채 신의 모욕에 송두리째 내맡겨진 우리가 미래에 가질 모습을 미리 보여주는 듯하다.

『성』에서는, 일상적인 것에 대한 이런 종속이 하나의 윤리가 된다. K의 가장 큰 희망은 성이 그를 받아들이는 데 있다. 혼자 힘으로는 희망을 이룰 수 없기에, 그는 마을의 주민이 됨으로써, 다시 말해 마을 사람 모두가 그에게 씌우는 이방인이라는 낙인을 지움으로써 그러한 은총을 얻고자 최선을 다한다. 그가 원하는 것은 직업, 가정, 건전하고 정상적인 사람의 생활이다. 그는 더 이상 자신의 미친 짓거리를 참을 수가 없다. 그는 이성적인 사람이 되고자 한다. 마을에서 그를 이방인으로 만드는 특별한 저주, 그는 거기서 풀려나고자 한다. 이런 점에서 프리다의 에피소드는 의미심장하다. 성의 관료 중 하나를 알고 있는 이 여자를 K가 자기 연인으로 만드는 것은 바로 그녀의 과거, 즉 그녀가 성의 관료를 알고 있다는 사실 때문이다. 그는 그녀에게서 그

---

92 『성』에서 파스칼적 의미의 '위락'(divertissement)은 K로 하여금 근심 걱정을 '잠시 잊게 해주는' 조수들에 의해 형상화되는 듯하다. 프리다가 마침내 조수 중 하나의 정부(情婦)가 되는 것은 그녀가 진실보다 겉치레를, 고통의 분담보다 일상적 삶을 더 좋아하기 때문이다. [원주]
파스칼의 위락에 대해서는 각주 7번을 참고할 것.

를 초월하는 무엇인가를 인식하는 동시에, 그녀를 영원히 성에 어울리지 않는 사람으로 만드는 무엇인가를 의식한다. 여기서 우리는 레기네 올센[93]에 대한 키르케고르의 기이한 사랑을 떠올리게 된다. 어떤 사람들은 그들을 삼키는 영원의 불길이 너무나 거센 탓에 그들을 둘러싼 주변 사람들의 마음까지도 그 불길로 산산이 태워버린다. 신의 것이 아닌 것을 신에게 바치는 치명적 오류, 이것이 바로 『성』의 프리다 에피소드의 주제이다. 그러나 카프카에게 그것은 오류가 아닌 듯하다. 그것은 교의이고, '비약'이다. 신의 것이 아닌 것은 아무것도 없다.

측량사가 프리다를 떠나 바르나바스 자매에게로 간다는 사실은 한층 더 의미심장하다. 왜냐하면 바르나바스 가족은 성과 마을로부터 완전히 버림받은 유일한 가족이기 때문이다.[94] 바르나바스의 여동생 아말리아는 성의 관료 중 하나의 추잡한 제안을 거절했다. 거절의 대가인 부당한 저주는 그녀를 신의 사랑으로부터 영원히 분리했다. 신을 위해 자기의 명예를 잃기를 거부한다는 것은 곧 신의 은총을 받을 자격이 없는 사람이 되기를 받아들인다는 것이다. 여기서 우리는 실

---

93 레기네 올센(Regine Olsen, 1822-1904). 그녀는 키르케고르의 약혼녀였다. 자신이 여자를 행복하게 해줄 위인이 아니라고 판단한 키르케고르는 그녀를 사랑하면서도 파혼을 통고했다. 레기네 올센은 엄청난 충격을 받았고, 키르케고르는 파혼 이후 평생 독신으로 살았다.

94 바르나바스의 여동생 아말리아가 성의 관료 소르티니의 추잡한 구애를 거부함으로써 바르나바스 가족은 소외와 저주라는 형벌을 받는다. 이로 인해 바라나바스의 누나 올가는 매춘으로 집안의 생계를 책임지고, 바르나바스는 성의 심부름꾼이 된다.

존철학에 낯익은 주제, 즉 도덕에 반(反)하는 진리라는 주제를 마주치게 된다. 그런데 사태는 여기에 그치지 않고 더 멀리 나아간다. 왜냐하면 카프카의 주인공이 걸어가는 길, 즉 프리다로부터 바르나바스 자매에게로 가는 길은 오만한 사랑으로부터 부조리의 신격화로 가는 길이기 때문이다. 여기서 다시 한번 카프카의 사상은 키르케고르를 만난다. '바르나바스 이야기'가 소설의 마지막에 위치하는 것은 놀라운 일이 아니다. 측량사의 마지막 시도는 신을 부정하는 무엇인가를 통해 신을 되찾는 것, 우리의 선과 미의 범주에 따라서가 아니라 신의 무관심과 불의와 증오의 공허하고 가증스러운 얼굴 뒤에서 신을 인식하는 것이다. 성에서 자기를 받아주기를 요구하는 이 이방인은 여행의 끝에 이르러 좀 더 소외되는데, 왜냐하면 이번에는 그가 자기 자신에게 불충실해진 채 도덕, 논리, 정신의 진실을 버리고 단지 무분별한 희망에 들떠 신의 은총이라는 사막으로 들어가고자 애쓰기 때문이다.[95]

여기서 희망이라는 말은 우스꽝스럽지 않다. 그 반대로 카프카가 서술하는 조건이 비극적이면 비극적일수록, 이 희망은 더욱더 완강하

---

95 이것은 분명히 카프카가 우리에게 남긴 『성』의 미완성 원고에 대해서만 유효한 해석이다. 그렇지만 이 작가가 미완의 종결부에서 소설 전체를 관통하는 어조의 통일성을 깨뜨렸을지는 의문이다. [원주]

고 도발적인 것이 된다. 『소송』이 진정으로 부조리하면 부조리할수록, 『성』의 열광적인 '비약'은 더욱더 극적이면서도 부당하게 보인다. 그러나 우리는 여기서 실존 사상의 역설, 예컨대 키르케고르가 이렇게 표현하는 역설을 순수 상태 그대로 다시 만난다. "우리는 지상의 희망을 죽도록 타격해야 한다. 오직 그렇게 할 때 우리는 진정한 희망[96]을 통해 구원받을 것이다." 이 말을 우리는 이렇게 풀이할 수 있다. "『소송』을 쓴 다음에야 『성』을 쓸 수 있으리라."

　카프카를 해설한 사람들은 대부분 그의 작품을 인간에게 아무런 구원의 가능성도 남아 있지 않은 절망적 절규로 규정했다. 그러나 그런 규정은 수정되지 않으면 안 된다. 거기에는 희망 또 희망이 있다. 앙리 보르도 씨의 낙관주의 작품은 내게 유달리 실망스럽게 보인다. 왜냐하면 다소 까다로운 독자에게는 아무것도 와 닿는 게 없기 때문이다. 그 반대로 말로의 사상은 언제나 활력을 준다. 두 경우에 희망은 똑같은 희망이 아니고, 절망은 똑같은 절망이 아니다. 하지만 나는 여기서 부조리한 작품도 내가 피하려는 불성실에 이를 수 있다는 사실을 깨닫는다. 무익한 조건의 무의미한 반복, 필멸의 존재에 대한 명징한 열광에 지나지 않았던 작품이 여기서는 환상의 요람이 되는 것이다. 그런 작품은 설명하려 들고, 희망에 하나의 형태를 부여한다. 창조자는 이제 작품에서 분리될 수 없다. 작품은 비극적 유희여야 하는데 더 이상 그렇지 못하다. 작품은 이제 작가의 삶에 하나의 의미를 부여한다.

96　마음의 순결. [원주]

어쨌든 카프카, 키르케고르, 셰스토프의 작품들처럼 공통의 영감에서 태어난 작품들, 간단히 말해 부조리의 인식과 그 결과를 사유하는 실존적 소설가들과 철학자들의 작품들이 모두 이 거대한 희망의 외침으로 귀결되는 것은 기이한 일이다.

그들은 그들을 삼키는 신을 포옹한다. 희망이 들어오는 것은 굴종을 통해서이다. 실제로 이 삶의 부조리는 그들에게 초자연적 현실에 대한 더 깊은 확신을 준다. 만일 이 세상 삶의 길이 결국 신에게 도달한다면, 그렇다면 해결책이 있는 것이다. 키르케고르, 셰스토프, 카프카의 주인공들이 여정을 되풀이할 때 보여주는 인내와 고집은 이 확신의 광적인 위력에 대한 특별한 보증이라고 할 수 있다.[97]

카프카는 자신의 신에게 도덕적 위대성, 자명성, 선의, 논리적 정합성을 인정하지 않지만, 그것은 그 신의 품에 더 잘 뛰어들기 위해서이다. 부조리가 인식되고 수용되자, 인간은 체념과 함께 거기에 적응하며, 이때부터 우리는 그것이 더 이상 부조리가 아님을 알게 된다. 인간 조건의 한계 속에서, 이 조건을 모면하게 해주는 희망보다 더 큰 희망이 어디에 있을까? 다시 한번 확인하건대, 사람들의 일반적인 생각과는 반대로 실존 사상은 하나의 과도한 희망, 즉 원초적 기독교와 복음의 전파로 고대 세계를 뒤흔들었던 희망으로 빚어져 있다. 실존 사상을 특징짓는 이 비약, 이 고집 속에서, 얼굴 없는 신성을 가늠하는 이 측량 속에서 어떻게 명증성을 포기하는 흔적을 보지 않을 수 있

---

97 『성』에서 희망을 지니지 않은 유일한 인물은 아말리아이다. 측량사는 아말리아에게 가장 적대적인 태도를 보인다. [원주]

을까? 사람들은 구원받기 위해 긍지를 버리고자 한다. 그들은 이 포기가 풍성한 결실을 거두리라고 여기는 것이다. 하지만 그런다고 뭐가 변할까. 내가 보기에, 사람들이 명증성도 긍지처럼 아무런 결실을 거두지 못하리라고 말한다고 해서 명증성의 도덕적 가치가 줄어드는 것은 아니다. 왜냐하면 진리 또한 그 정의상 특별한 결실을 거두는 게 아니기 때문이다. 모든 명백한 사실은 결실 여부와 관계가 없다. 모든 것이 그저 주어져 있고 아무것도 설명되지 않는 세계에서, 하나의 가치 또는 하나의 형이상학이 풍요로운 결실을 가져온다는 생각은 무의미하기 짝이 없다.

  어쨌든 우리는 여기서 카프카의 작품이 어떤 사상적 전통에 속하는지 알게 된다. 『소송』에서 『성』에 이르는 과정 하나하나에 엄격한 의미를 부여하는 것은 어리석은 일일 것이다. 요제프 K와 측량사 K는 카프카를 끌어당기는 두 개의 극에 지나지 않는다.[98] 나도 카프카처럼 말할 수 있고, 어쩌면 그의 작품이 부조리하지 않다고 평할 수 있으리라. 하지만 그렇게 한다고 해서 카프카 작품의 위대성과 보편성을 보지 못할 수는 없다. 카프카 작품의 위대성과 보편성은 그가 희망에서 고뇌로, 절망적인 예지에서 의도적인 맹목으로 이행하는 일상적 과정을 그처럼 풍요롭게 형상화할 수 있었다는 사실에서 비롯된다. (진정으로 부조리한 작품은 보편적이지 않지만) 그의 작품은 보편적인데, 왜냐

---

98 카프카 사상의 두 양상에 대해서는 "(물론 인간의) 유죄는 의심의 여지가 없다"라는 『유형지에서』의 한 문장과 "측량사 K의 유죄는 확정하기가 어렵다"라는 (모무스의 보고서에 나오는) 『성』의 한 문장을 비교할 것. [원주]

하면 한 인간이 자신의 모순 속에서 믿음을 가져야 할 이유를 찾아내고 자신의 깊은 절망 속에서 희망을 가져야 할 이유를 찾아냄으로써, 그리고 자신의 끔찍한 죽음의 수련을 삶이라고 부름으로써 인간성을 극복하려는 눈물겨운 모습이 거기에 그려져 있기 때문이다. 그의 작품은 종교적인 영감에서 나온 것이기에 보편적이다. 모든 종교에서처럼, 그의 작품에서 인간은 자신의 고유한 삶의 무게에서 해방된다. 그러나 내가 그것을 알고 있을지라도, 나 또한 그것에 감탄할 수 있을지라도, 나는 보편적인 것이 아니라 진실한 것을 찾고 있다. 그 둘은 서로 일치할 수 없다.

만일 내가 진실로 절망적인 사상은 그와 반대되는 기준들에 의해 명확하게 정의된다고, 비극적인 작품은 미래의 희망이 배제된 상황에서 한 행복한 인간의 삶을 묘사하는 작품이라고 말한다면, 사람들은 이런 관점을 더 잘 이해할 수 있으리라. 삶이 열광적이면 열광적일수록, 그 삶을 잃는다는 생각은 더욱더 부조리해진다. 니체의 작품에서 느껴지는 그 찬란한 불모의 비밀은 바로 여기에 있다. 이런 계열의 사유 가운데 니체는 '부조리' 미학으로부터 극단적인 결론을 끌어낸 유일한 예술가일 듯한데, 왜냐하면 그의 궁극적 메시지는 자신만만한 불모의 명증성과 초자연적 위안의 집요한 부정에 있기 때문이다.

이 시론에서 카프카의 작품이 지니는 결정적 중요성을 밝히기 위해서는 지금까지의 설명으로 충분하리라. 여기서 우리는 인간 사유의 극한에 다다랐다. 그 낱말의 완전한 의미에서, 이 작품에서는 모든 것이 본질적이라고 우리는 말할 수 있다. 아무튼 이 작품은 부조리의 문제를 송두리째 제기한다. 그리하여 만일 우리의 도입부 고찰의 결론, 형식의 근본, 자연스러운 기법으로 이야기를 전개하는 『성』의 비밀스러운 의미, 일상적인 배경 속에서 이루어지는 K의 열정적이고 오만한 추구 등을 사람들이 종합적으로 살핀다면, 그들은 이 작품이 왜 위대한지를 이해할 수 있으리라. 만일 향수가 그저 인간성의 흔적일 뿐이라면, 아무도 이 회한의 유령들에게 그토록 많은 살과 입체감을 부여하지는 않았을 것이다. 아무튼 종합적으로 살핀다면, 사람들은 부조리한 작품이 요구하는 기이한 위대성, 여기서는 발견되지 않는 기이한 위대성이 무엇인지를 이해할 수 있으리라. 만일 예술의 속성이 보편을 특수에 연결하고, 물 한 방울이 지닌 필멸의 영원성을 그 빛의 유희에 연결하는 데 있다면, 부조리 작가의 위대함을 이 두 세계 사이에 그가 설정하는 거리로 측정하는 것은 지극히 정당하지 않을까. 부조리 작가의 비밀은 이 두 세계가 더할 나위 없이 큰 불균형 속에서도 서로 합류하는 정확한 지점이 어디인지를 찾아내는 데 있다.

사실 순수한 영혼들은 인간과 비인간의 기하학적인 접점을 곳곳에서 발견할 수 있다. 파우스트와 돈키호테가 탁월한 예술적 창조물이라면, 그것은 그들이 지상의 손으로 우리에게 보여주는 무한히 광대한 세계 때문이다. 그렇지만 이 손이 만질 수 있는 진리를 정신이 부정하는 순간이 반드시 온다. 창조가 비극적인 것이 아니라 단지 중요한 것으로 받아들여지는 순간이 반드시 온다. 인간이 희망에 사로잡히는 것은 바로 이때이다. 그러나 그것은 인간이 가야 할 길이 아니다. 인간의 길은 술책에 넘어가지 않는 데 있다. 그런데 카프카가 우주 전체에 제기한 격렬한 소송의 끝에서 내가 발견하는 것은 바로 이 술책이다. 카프카의 믿을 수 없는 판결은 결국 두더지들조차 희망을 가지려 드는 이 흉측하고 충격적인 세계를 무죄방면하고 있다.[99]

---

99 위에 제시된 내용은 카프카의 작품에 대한 하나의 해석일 뿐이다. 이런저런 해석 과는 별도로, 카프카의 작품을 순전히 미학적인 관점에서 고찰하는 것도 당연히 가능하다는 사실을 덧붙여두자. 예컨대 『소송』에 붙인 탁월한 서문에서 그뢰튀젠 은 우리보다 더 슬기롭게, 그가 놀랍게도 '잠이 깬 채 잠자는 사람'이라고 부르는 존재의 고통스러운 상상력을 단순히 따라가는 데 그친다. 모든 것을 제시하면서 도 아무것도 확정하지 않는 것이야말로 이 작품의 운명이요, 어쩌면 위대함이리 라. [원주]
베르나르 그뢰튀젠(Bernard Groethuysen, 1880~1946)은 카프카를 프랑스에 알리는 데 이바지한 프랑스 작가이자 철학자이다.

해설

유기환

1. 왜 『시지프 신화』를 읽어야 하는가?

1957년 12월 14일, 스웨덴 웁살라 대학에서 행한 노벨문학상 수상 기념 연설에서 카뮈는 이렇게 말했다. "우리 시대에는 작가보다 저널리스트가 더 많고, 세잔보다 미술 보이스카우트가 더 많으며, 장밋빛 총서나 범죄소설이 『전쟁과 평화』나 『파르마 수도원』의 자리를 차지했습니다."[100] 우리 시대는 카뮈 시대보다 이런 진단으로부터 얼마나 더 멀리 있을까?

  마이클 센델의 말대로 독서조차 돈으로 독려하는 이 시대에 왜 이토록 어려운 『시지프 신화』를 읽어야 하느냐고 사람들이 내게 물을 때, 나는 이렇게 되묻곤 한다. 당신과 나, 우리는 왜 이토록 어려운 삶

---

100 Albert Camus, "Conférence du 14 décembre 1957" in *Oeuvres complètes: Essais*, Bibliothèque de la Pléiade, Paris, Gallimard, 1965, p. 1080.

을 살아야 하느냐고… 군이 살아야 할 이유를, 자살하지 않아야 할 이유를 진지하게 생각해본 적이 없다면, 『시지프 신화』를 읽으며 내가 어떻게 살아왔는지를, 내가 어떻게 살아가야 하는지를 잠시라도 되짚어볼 일이다. 『시지프 신화』는 신 없는 시대에 인간이 어떻게 살아야 하는가에 답하려는 책이지만, 그보다 먼저 왜 자살하지 않아야 하는가에 대한 설득력 있는 답을 제시하는 듯하다.

카뮈의 대표 소설 『이방인』을 제대로 이해하고 싶은 독자 역시 『시지프 신화』를 읽어야 하리라. 『반항인』이 『페스트』의 해설서라면, 『시지프 신화』는 『이방인』의 해설서라고 할 수 있다. 앙드레 말로는 『시지프 신화』 원고를 읽은 후 『이방인』을 더 잘 이해하게 되었다고 말했고, 사르트르는 『시지프 신화』의 교정쇄를 읽으면서 『이방인』 서평을 썼다고 알려져 있다. 이 외에도 『시지프 신화』를 읽어야 할 이유가 얼마나 많으랴. 예컨대 『시지프 신화』에는 "한 인간은 그가 말하는 것들보다 그가 침묵하는 것들로 더욱 인간다워진다."처럼 삶의 길잡이 역할을 해줄 잠언이 수두룩하다. 하지만 막상 『시지프 신화』를 펼치고 보면, 난해하게 읽히는 대목이 몹시 많다. 독자의 이해를 돕기 위해 주제의 성격, 집필 상황을 소개하고, 특히 카뮈가 특별한 의미를 부여했다고 여겨지는 몇몇 핵심어를 설명하고자 한다. 번역의 저본으로는 프랑스 갈리마르 출판사에서 간행한 플레이아드판 『전집: 에세이』[101]를 사용했음을 밝혀둔다.

---

101 Albert Camus, *Oeuvres complètes: Essais*, Bibliothèque de la Pléiade, Paris, Gallimard, 1965.

2. 어떻게 『시지프 신화』를 읽을 것인가?

『시지프 신화』의 의미가 머릿속에서 쉽게 정리되지 않는 이유는 무엇보다 '부조리'라는 주제 때문일 것이다. 부조리 개념에 대해서는 뒤에서 다시 다루기로 하고, 여기서는 논리적 이해의 불가능성만을 설명하자. 인간은 존재에 대해 합리적 설명을 추구하지만, 세계는 비합리적 침묵으로 답할 뿐이다. 부조리 감정은 인간의 이성과 세계의 침묵이 충돌할 때 발생한다. 이런 면에서 부조리는 합리적인 것도 비합리적인 것도 아니다. 비유하자면, 코스모스라는 조화로운 공간을 탄생시킨 카오스라는 혼돈의 공간이 부조리의 공간이다. 카오스에는 조화와 부조화, 합리와 비합리가 뒤섞여 있다. 따라서 코스모스로써 카오스를 설명하는 것, 논리로써 부조리를 설명하는 것은 부분으로 전체를 설명할 때처럼 불충분하다. 부조리가 우리에게 알 듯 모를 듯 모호한 대상으로 나타나는 것은 이런 이유에서이다.

『시지프 신화』 읽기의 어려움과 관련하여 카뮈가 이 철학서를 20대 중반에 썼다는 사실도 기억해야 하리라. 다시 말해 카뮈도 우리처럼 청춘의 기발함과 서투름을 동시에 지니고 있지 않았을까. 더욱이 카뮈는 평생 자신을 철학자로 인식하지 않았으므로[102] 철학적 글쓰기가 명쾌하지 않다는 사실이 예술가 카뮈의 결정적 흠결일 수는 없다. 게

---

102 카뮈는 1945년 12월 20일 『세르비르』(*Servir*)와의 인터뷰에서 이렇게 잘라 말했다. "저는 철학자가 아닙니다. 저는 체계를 신뢰할 정도로 이성을 신뢰하지 않습니다." (같은 책, p. 1427.)

다가 철학서임에도 일인칭 서술자의 시점에서 기술되었기에 주관적 열정이 객관적 사유를 방해하는 대목도 드물지 않을 것이다. 이런 특징을 고려하면서, 몇몇 용어의 특정한 쓰임새를 이해한다면『시지프 신화』독서가 좀 더 흥미롭게 진행되지 않을까 싶다.『시지프 신화』를 처음 읽는 독자에게 특히 난감한 용어는 '부조리', '희망', '실존철학', '철학적 자살'로 보인다.

『시지프 신화』에서 'absurde'라는 형용사는 '부조리한', '부조리의' 등으로 옮길 수밖에 없지만, 때로는 '모순적인', '비합리적인', '이율배반적인', '터무니없는', '근거 없는' 등을 뜻하고, 때로는 '부조리를 주제로 한', '부조리를 의식하는' 등을 뜻한다. 특히 유념해야 할 것은 '부조리 인간'으로 옮긴 'l'homme absurde'는 '부조리하고 모순적인 인간'이 아니라 '부조리에 함몰되지 않고 부조리를 명징하게 의식하는 인간'을 가리킨다는 사실이다. '부조리한 작품'으로 옮긴 'l'oeuvre absurde' 또한 '부조리하고 비합리적인 작품'이 아니라 '부조리를 주제로 하거나 부조리를 의식하면서 쓴 작품'으로 이해해야 한다.

『시지프 신화』를 읽을 때 '희망'(espoir)이라는 낱말을 사전적인 의미로 받아들이면, 이 책은 난삽하기 이를 데 없는 책으로 변한다. 책의 도입부에서 카뮈는 '희망'을 이렇게 규정한다. "삶을 초월하고 삶을 승화시키고 삶에 의미를 주고 결국 삶을 배반하는 모종의 거창한 관념을 위해 살아가는 사람들의 속임수". 카뮈에게 이 관념은 신이며, 이 속임수는 "내세에 대한 희망"이다. 인간의 이성과 세계의 침묵이 벌이는 대결에서 태동하는 게 부조리인데, 자살은 인간의 이성을 삭제한다는 점에서, 희망 즉 종교는 세계의 침묵을 삭제한다는 점에서 카뮈에게는 모두 "치명적 회피" 행위이다. 『시지프 신화』에서 '희망'이 사전적이고 중립적인 의미로 쓰일 때도 없지 않지만, 대개는 이처럼 부정적인 의미로 쓰인다는 사실에 유의하자.

'실존철학'의 경우에는 용어의 의미보다는 용어와 카뮈의 관계를 분명히 해둘 필요가 있다. 동시대 독자들은 카뮈와 사르트르를 묶어서 생각하기 일쑤였던 까닭에, 카뮈가 실존주의자라는 오해가 널리 퍼졌다. 그러나 카뮈는 자신이 실존주의자가 아님을 일관되게 밝혔다. 예컨대 「아닙니다, 나는 실존주의자가 아닙니다」라는 제목의 인터뷰에서 이렇게 말했다. "사르트르는 실존주의자이지만, 내가 출간한 유일한 사상서인 『시지프 신화』는 이른바 실존주의적 철학의 기본 방향을 거스르는 책입니다."[103] 『시지프 신화』에서 카뮈는 야스퍼스, 셰스토프, 키르케고르 등 실존철학자들이 결국 신의 세계로 비약함으로써 부조리 문제를 회피했다고 비판했다.

'철학적 자살'은 인간이 철학적 사유 끝에 '육체적 자살'에 이른다는 뜻이 아니라 실존철학자들이 궁극적으로 초월적 존재를 설정함으로써 철학적으로 부조리를 회피한다는 뜻이다. 대체로 카뮈는 실존철학, 실존 사상, 실존적 소설가 등 '실존적'이라는 용어를 부조리를 인식하지만 결국 부조리를 회피하는 사상이나 사람에게 붙인다.

요컨대 저술가가 쓰는 용어는 복잡다단한 개념을 깔끔하게 정리해주는 순기능을 갖지만, 가끔 독서의 함정이 되어 읽는 이를 더욱더 깊

---

103   1945년 11월 15일 『레 누벨 리테레르』(*Les Nouvelles littéraires*) 수록 인터뷰. (같은 책, p. 1424.)

은 혼란에 빠뜨리기도 한다. 『시지프 신화』의 경우, 무엇보다 '희망'이 현실의 부조리를 회피하는 종교적 선택을 가리킬 때가 많다는 사실을 잊지 말아야 한다. 어쩌면 『시지프 신화』 독서에서 가장 중요한 것은 용어의 쓰임새에 대한 올바른 이해가 아닐까 싶다.

3. 알베르 카뮈에 대하여

카뮈 생애의 전기적 사실에 관한 한 「연보」를 참고하길 바란다. 불의의 자동차 사고로 47세의 나이에 홀연히 우리 곁을 떠났기 때문인지 카뮈를 떠올리면 늘 머리보다 가슴이 먼저 움직인다. 카뮈는 카프카와 함께 현대문학의 문을 연 작가로 꼽히는데, 생전에 작가로서 성공하지 못했던 카프카와 달리 카뮈는 젊은 나이에 세계적 명성을 얻었기에 비교적 행복한 삶을 살았으리라고 상상된다. 하지만 현실은 사뭇 달랐다. 카뮈는 평생 '이방인'으로, 외톨이로 살았다.

프랑스 식민지 알제리에서 태어난 카뮈는 알제리에서는 프랑스인 취급을, 프랑스에서는 알제리인 취급을 받았다. 또한 고등학교에서는 혼자만 빈민이어서 이방인이었고, 가난한 집에서는 혼자만 지식인이어서 이방인이었다. 게다가 『반항인』(1951) 논쟁 끝에 사르트르로부터 절교를 당하고 알제리 독립전쟁(1954-1962) 때 연방제를 주장함으로써 고국 프랑스와 고향 알제리에서 동시에 외면당한 이후, 1960년 사망할 때까지 몹시 고통스럽게 살았다. 그럼에도 카뮈는 굴복이나 타협보다 언제나 고독과 소외를 택했음을 잊지 말자.

오늘날 카뮈를 이야기할 때 노벨문학상 수상을 떠올리지 않을 수 없다. 카뮈가 프랑스에서 역대 최연소 수상자였다는 사실, 모두가 앙드레 말로를 수상자로 예상하던 차에 카뮈가 선정되었다는 사실, 카뮈보다 여덟 살이 많은 사르트르에 앞서 선정되었다는 사실도 주목할 만하지만, 「스웨덴 연설」을 초등학교 담임교사 루이 제르맹에게 헌정했다는 사실이 의미심장해 보인다. 루이 제르맹은 졸업하자마자 노동에 종사해야 했던 카뮈를 장학금 알선으로 계속 공부에 매진하게 한 선생님이었다. 따뜻한 손을 기억할 줄 아는 따뜻한 마음…. 이것이 바로 인간 알베르 카뮈이다.

카뮈의 저작 세계를 관통하는 핵심어는 부조리와 반항인데, 부조리와 반항은 결국 '인간'이라는 하나의 낱말로 수렴된다. 사르트르는 사회주의 혁명조차 철저히 도덕적이어야 한다고 역설하는 카뮈를 심약한 모럴리스트라고 힐난했지만, 카뮈는 언제나 단순하게, 줄기차게 '올바른 인간'이 되는 길을 찾는다. 선함이 그리운 이 시대에 카뮈를 읽어야 하는 이유가 바로 여기에 있다. 『시지프 신화』는 부조리에서 출발하여 반항에 다다르는 책이고, 『반항인』은 '나'의 반항으로 '우리'의 존재를 확립하는 책이다. "나는 반항한다, 그러므로 우리는 존재한다." 도덕은 본질적으로 '나'를 넘어 '우리'를 지향하는 것이 아니겠는가.

카뮈의 작품 세계는 부조리, 반항, 사랑이라는 주제로 요약되며, 각각의 주제는 소설, 철학적 시론, 희곡으로 형상화된다. 부조리 계열의 작품으로는 소설 『이방인』, 철학적 시론 『시지프 신화』, 희곡 『칼리굴라』(또는 『오해』)가 있고, 반항 계열의 작품으로는 소설 『페스트』, 철학적 시론『반항인』, 희곡『정의의 사람들』(또는『계엄령』)이 있다. 사랑 계열의 작품은 미완성 소설『최초의 인간』뿐인데, 왜냐하면 이 소설을 쓰던 중에 사망했기 때문이다. 이 외에 습작 시절에 쓴 소설『행복한 죽음』, 자전적 소설『추락』, 단편소설집『유배지와 왕국』, 산문집『안과 겉』,『결혼』,『여름』이 있다. 카뮈의 말대로 한 작가의 여러 작품이 하나의 근원적인 주제의 변주곡일 뿐이라면, 그의 모든 작품은 처녀 작『안과 겉』에서 역설한 명제의 변주곡으로 읽힌다. "삶에 대한 절망이 없이는 삶에 대한 사랑도 없다."

4.『시지프 신화』에 대하여

(1) 집필 및 출판 과정과 동시대의 반응

카뮈가 막연하게나마『시지프 신화』와『이방인』을 하나의 짝으로 쓸 계획을 세운 것은 1936년 5월이다. 이 무렵 카뮈는 키르케고르, 셰스토프 등 실존사상가들을 탐구했다. 외국 작가 가운데 카뮈가 좋아한 작가는 도스토옙스키, 카프카, 멜빌 등인데, 세 작가 모두『시지프 신화』에서 중요하게 언급된다. 젊은 시절에 탐독한 니체는 카뮈로 하여금 전통적 모럴의 한계와 새로운 가치 체계를 탐색하게 했다.

1936년과 1937년, 카뮈는 폐결핵과 결혼 생활 실패로 깊이 좌절했는데, 이런 개인적 절망과 제2차 세계대전이라는 시대적 절망이『시지프 신화』의 저변에 깔려 있다. 1940년 프랑스에서『파리 수아르』

기자로 일할 때 카뮈는 열정적으로 집필에 몰두했다. 마침내 1940년 5월에 『이방인』을, 1941년 2월에 『시지프 신화』를 탈고했다. 그날, 카뮈는 수첩에 이렇게 썼다. "『시지프』 끝. 세 개의 부조리가 완성되었다. 자유 시작."[104] 요컨대 카뮈는 『시지프 신화』를 23세에서 28세까지, 전쟁의 암울한 분위기 속에서 5년 동안 집필했다.

　'시지프 신화'가 책의 제목이 된 것은 1940년 9월과 1941년 2월 사이로 알려져 있다. 카뮈가 '시지프 신화'에 착안한 것은 알제 대학의 스승 장 그르니에 덕분이었는데, 장 그르니에는 사람들이 프로메테우스 신화에서 프로메테우스에게만 초점을 맞추고 결말에 해당하는 시지프 이야기를 소홀히 한다고 불평하곤 했다. 카뮈가 보기에 시지프가 징벌받는 이유의 모호성, 시지프가 반복하는 행위의 불모성이 인간의 부조리한 삶을 나타내기에 알맞았다. 책의 부록 「프란츠 카프카의 작품에 나타난 희망과 부조리」는 원래 본문에 들어 있었다. 그러나 카프카가 유대계 체코 작가인 데다 그의 소설이 지배 권력에 비판적이었기에 갈리마르 출판사는 독일군의 검열을 우려해 삭제를 강권했다. 결국 카뮈는 카프카론을 도스토옙스키의 『악령』에 등장하는 인물 키릴로프론으로 대체했다.

　카뮈는 『이방인』과 『시지프 신화』가 프랑스 최대 출판사인 갈리마르에서 동시에 출판되기를 바랐다. 이 소망은 알제 시절부터 카뮈의 후견인 역할을 했던 언론인 파스칼 피아 덕분에 실현되었다. 파스칼 피아는 당시 막강한 영향력을 가졌던 앙드레 말로에게 『이방인』과

104　Olivier Todd, *Albert Camus, une vie*, Paris, Gallimard, 1996, p. 267.

『시지프 신화』의 원고를 보냈다. 앙드레 말로는 『시지프 신화』가 『이방인』의 의미 해독을 분명하게 해준다고 말하면서도, 도입부가 난삽하며 자살 주제가 너무 자주 나온다는 사실에 아쉬움을 표했다. 갈리마르 출판사 편집위원 장 폴랑은 『이방인』에 대해서는 칭찬을 아끼지 않았지만, 『시지프 신화』에 대해서는 심오한 철학적 깊이를 느끼지 못한다고 평했다. 우여곡절 끝에 『시지프 신화』는 1942년 5월에 출판된 『이방인』에 이어 같은 해 10월 갈리마르에서 출판되었고, 카뮈는 이 책을 파스칼 피아에게 헌정했다.

『시지프 신화』가 출판되자 장 그르니에의 서평이 독자의 호의적 반응을 끌어냈고, 모리스 블랑쇼, 가브리엘 마르셀 등이 『시지프 신화』를 철학적으로 분석했다. 특히 1943년경에 카뮈와 친해졌던 시인 프랑시스 퐁주의 의견이 몹시 흥미로웠다. 공산주의자를 자처했던 퐁주는 바위의 무게에 짓눌린 채 신벌을 열심히 수행하는 '행복한 시지프'가 아니라 바위를 내팽개치고 태업하는 "게으른 시지프"를 상상할 필요가 있다고 했다.[105] 사실 『이방인』과 『시지프 신화』를 두루 읽은 동시대 지식인들은 대체로 『이방인』을 훨씬 더 좋아했다. 하지만 카뮈의 두 철학서, 『시지프 신화』와 『반항인』을 두루 읽은 오늘날의 독자들은 대체로 『시지프 신화』를 훨씬 더 좋아하는 듯하다. 20대 중반이라는 나이는 유장한 철학서를 쓰기에는 너무 젊은 나이가 아닐까. 웅숭깊은 사상에 앞서 새롭고 참신한 사유에 젖고 싶은 독자라면 『시지프 신화』만 한 양서를 찾기 힘들 것이다.

105　같은 책, pp. 324–325.

(2) 책의 구조와 내용

책을 둘러싼 '곁텍스트'(paratexte)는 책의 내용을 요약하기 마련이다. 표지에 보이는 부제「부조리에 대한 시론」은 말 그대로 책의 총체적 주제를 가리킨다. 책을 열면, 핀다로스를 인용한 제사(題辭)가 보인다. "오, 나의 영혼이여, 불멸의 삶을 갈망하지 말고, 가능한 삶을 남김없이 소진하라." 내세의 거부와 유한성의 수용은『시지프 신화』가 줄기차게 강조하는 테마이다. 출간 당시 책에 둘렀던 띠지에 적힌 간명한 글도 주목할 만하다. "시지프 혹은 지옥에서의 행복." 이를테면 편집인이 보기에 이 책을 관통하는 의미는 절망에서 찾아낸 행복이었다. 본문을 열면,『시지프 신화』는 네 부분으로 나뉘어 있다.[106]

1부「부조리한 추론」은 이론적으로 문제를 제기한다. 즉 부조리란 무엇인가, 삶이 부조리하다면 자살할 것인가? 2부「부조리 인간」은 덜 이론적이고 더 구체적이다. 부조리한 추론에서 나오는 명령에 충실한 삶이 어떤 것인가, 부조리한 삶으로 어떤 유형이 가능한가? 3부「부조리한 창조」는 부조리 인간의 네 번째 유형인 창조자를 다루면서, 부조리에 내재한 요구에 충실한 창조의 가능성을 탐색한다. 4부「시지프 신화」는 그리스 신화를 자유롭게 해석하여 부조리의 예지를 형상화하며, 괴롭고 유한한 삶에서 행복이 가능한지 묻는다. 장별로

---

106 「해설」에 요약된『시지프 신화』의 구조와 장별 개요는『알베르 카뮈 사전』의 '『시지프 신화』' 항목에 바탕을 두고 있다. (*Dictionnaire Albert Camus*, Paris, Robert Laffont, 2009, pp. 585-592.)

좀 더 자세히 살펴보자.

1부 1장 「부조리와 자살」에서 카뮈는 두 가지 질문을 제기한다. 삶에 의미가 없다는 사실이 삶을 살 필요가 없다는 사실로 통하는가? 자살하지 않는다면 내세에 대한 희망으로 살아가야 하는가? 이에 대한 대답을 찾는 과정이 바로 '부조리한 추론'이다. 1부 2장 「부조리한 벽들」에서는 일상적인 무대의 무상성, 우리를 휩쓸어가는 시간, 세계의 근본적인 이방성(異邦性), 실존의 궁극적인 유한성 등을 통해 부조리가 발견되는 과정이 묘사된다. 1부 3장 「철학적 자살」에서 카뮈는 키르케고르, 셰스토프 같은 실존철학자들이 초월적인 신의 세계로 비약함으로써, 후설 같은 현상학자들이 무한히 많은 현실로 이루어진 "추상적 다신교"를 창설함으로써 문제를 회피한다고 비판한다. 1부 4장 「부조리한 자유」는 우리가 필멸의 존재라는 사실이 우리를 자유롭게 한다고 주장한다. 미래의 굴레에서 벗어난 인간에게 중요한 것은 '가장 잘 살기'가 아니라 '가장 많이' 살기, 즉 경험의 질이 아니라 경험의 양이다.

2부 「부조리 인간」은 이론적 성찰에 구체적인 사례를 제공한다. 여기서 말하는 '부조리 인간'은 '부조리를 의식하는 인간'을 뜻하는데, 카뮈는 부조리 인간의 전형으로 돈 후안, 배우, 정복자를 든다. 그들은 유한한 시간 앞에서 경험의 질이 아니라 경험의 양을 추구하며, 부조리한 운명에 대한 반항의 열정을 보여준다. 돈 후안은 현재의 사랑에 최선을 다하면서 가장 많이 살고자 애쓴다. 배우는 다른 인물들의 삶을 다채롭게 모방함으로써 자신의 삶을 증식하고자 한다. 정복자는 영원성이 아니라 유한한 역사를 선택하고, 끊임없이 행동함으로써 자신의 운명을 극복하고자 애쓴다. 카뮈가 돈 후안, 배우, 정복자를 우리가 본받아야 할 모델이 아니라 삶의 가능성을 소진하려는 인간 전형으로 제시한다는 사실에 유의하자.

3부 1장 「철학과 소설」에서 카뮈는 사르트르의 소설 『구토』의 로캉탱이 왜 종결부에서 '창조', 즉 소설 창작을 선택하는가를 설명한다. "창조한다는 것은 두 번 산다는 것이다." 로캉탱에게 창조는 삶의 유한성을 극복하는 최선의 방안이다. 3부 2장 「키릴로프」는 도스토옙스키의 소설 『악령』에 나오는 키릴로프의 '인신'(人神) 논리를 설명한다. 신이란 완전히 자유롭고 독립적인 존재인데, 키릴로프는 신이 존재하지 않는다면 자기가 신이라고 주장한다. 그가 자유롭게, 독립적으로 자살을 선택하는 것은 그 자신과 만인을 신으로 만들기 위해서이다. 3부 3장 「내일 없는 창조」에서 카뮈는 부조리한 창조를 내일이 없는 창조로 규정한다. 모든 것이 죽음으로 끝나기에, 우리는 살아 있는 동안 현실을 남김없이 소진해야 한다.

4부 「시지프 신화」는 부조리한 삶의 결론적 지혜를 시지프 신화에 빗대어 제시한다. 시지프가 끝없이 굴러떨어지는 바위를 끝없이 산정으로 굴려 올려야 하는 신벌은 부조리의 상징이다. 그러나 그리스 신화의 시지프와 달리 카뮈의 시지프는 신벌에 압살되지 않으며, 오히려 신에 대한 반항을 통해 삶에 가치와 의미를 부여한다. 4부 전체를 관통하는 이미지는 '행복한 시지프'라고 할 수 있다.

(3) 책의 주제와 결론

『시지프 신화』의 핵심 주제는 당연히 '부조리'인데, 카뮈는 책 전체를 통틀어 세 가지 물음에 답하면서 핵심 주제를 설명한다. 즉 부조리란 무엇인가, 부조리가 전제된 삶을 어떻게 살 것인가, 부조리가 전제된 세계에서 행복이 가능한가?

부조리란 무엇인가에 대해서는 앞에서도 설명했으므로 여기서는 아주 짧게 요약하자. 세계 내에 던져진 실존에 부재하는 존재 이유와 그 부재의 존재 이유를 찾고자 하는 인간의 이성, 이 둘의 대결과 갈등에서 부조리의 감정이 생긴다. 예컨대 어느 날 문득 잠에서 깨어 생명과 죽음, 우주와 무(無)를 생각할 때 느껴지는 막막하고 아연한 감정, 그것이 바로 부조리의 감정이다. 왜 막막하고 아연한가? 생명, 죽음, 우주, 무 등에는 합리적인 이유가 없기 때문이다. 다시 한번 강조하지만, 부조리는 합리와 비합리의 차원을 벗어나기에 이성으로 완전히 이해할 수 없다.

그렇다면 선험적 조건으로 주어진 부조리 앞에서 인간은 어떻게 살 것인가? 『시지프 신화』는 '자살', '희망', '반항'을 예시하면서 반항을 참된 해결책으로 꼽았다. 자살과 희망이 문제의 회피에 불과하다는 사실은 이미 검토했으므로 여기서는 반항에 초점을 맞추자.

『시지프 신화』에서 반항이란 살아 있는 의식으로 부조리에 정면으로 맞서는 태도를 가리킨다. 제우스의 일을 방해하고, 죽음의 신 타나토스를 잡아 가두고, 저승의 신 하데스를 속인 죄로 시지프는 거대한 바위를 뾰족한 산정까지 들어 올리는 신벌을 받았다. 시지프는 몇 번의 실패로 깨닫지 않았을까, 이 일은 결코 이룰 수 없는 일이라는 사실을. 그렇다면 어떻게 할 것인가? 신벌의 부조리성을 의식한 시지프, 말하자면 '부조리 인간' 시지프는 그 신벌에서 의미와 가치를 찾아낸다. 즉 악전고투 끝에 바위를 산정에 올리는 짧은 순간을 행동의 목표로 삼는 것이다. 바로 여기서 '행복한 시지프'가 탄생한다. 벌이란 고통을 주는 행위인데, 벌에서 의미를 발견하고 행복을 느낀다면 그것은 이미 벌이 아니다. '행복한 시지프'는 자신의 한계 속에서 최선의 삶을 찾아낸 '반항인'이라고 할 수 있다.

　그런데 왜 행복으로 끝나는 『시지프 신화』가 종종 '절망의 시'로 불리는 걸까? 책의 마지막 문장을 보라. "행복한 시지프를 상상하지 않으면 안 된다." 시지프의 행복이 현실이 아니라 당위라는 데 인간 삶의 고단함이 있다. 그렇다면 책의 요지는 바로 그 앞 문장에서 찾아야 하는 게 아닐까? "산정을 향한 투쟁 그 자체가 인간의 마음을 가득 채우기에 충분하다." 왜 충분할까? 시지프의 투쟁, 시지프의 반항이 바로 우리가 사는 이유이므로…. 사르트르의 『구토』를 평하면서 카뮈는 소설 창작이라는 삶의 이유를 찾아낸 로캉탱의 행동을 이런 명제로 정리했다. "나는 글을 쓴다, 그러므로 나는 존재한다."[107] 그렇다면 가격이 가치를 압도하고 재미가 의미를 압살하는 이 시대에, 『시지프 신화』를 기꺼이 펼친 독자의 행동은 이렇게 정리될 수 있지 않을까? 나는 책을 읽는다, 그러므로 나는 존재한다.

107　Albert Camus, "*La Nausée* de Jean-Paul Sartre" in *Oeuvres complètes: Essais*, p. 1419.

알베르 카뮈 연보

1913년   11월 7일 알제리 몽도비에서 아버지 뤼시앵 오귀스트 카뮈
          (Lucien Auguste Camus, 1885년생)와 어머니 카트린 생테스
          (Catherine Sintès, 1882년생)의 둘째 아들로 태어난다. 아버지
          의 직업은 포도 농장 지하 창고 담당 노동자이다.

1914년   제1차 세계대전의 발발로 아버지가 프랑스 보병 연대에 징
          집된다. 어머니는 두 아들과 함께 (자신의 어머니가 사는) 알
          제리의 수도 알제의 빈민가 벨쿠르로 이주한다. 아버지가 마
          른 전투에서 중상을 입은 후 생브리외 병원에서 사망한다.

1918-1923년   초등학교 재학 시절 담임교사 루이 제르맹의 총애를
          받으며, 그의 추천으로 장학생 선발 시험에 합격하여 중고등
          학교에 진학할 수 있게 된다. 훗날 카뮈는 노벨문학상 수상
          연설집 『스웨덴 연설』을 그에게 헌정한다.

1924-1930년   알제의 뷔조 중고등학교에서 장학생으로 수학한다.

1930년   바칼로레아 시험을 치른다. 알제 대학 문과반에서 장 그르

니에 교수를 만나 사제의 연을 맺는다. 훗날 스승에게 『안과 겉』, 『반항인』을 헌정하며, 스승의 책 『섬』*Les Îles*에 서문을 쓴다.

1931년 외할머니의 집을 떠나 정육점 주인인 이모부 귀스타브 아코의 집에서 산다. 외할머니가 사망한다.

1934년 대학 동문 시몬 이에와 결혼하지만, 2년 후에 이혼한다. 이후 잊고 싶은 추억인 듯 이 결혼 생활에 대해 극도로 말을 아낀다. 건강 문제로 병역을 면제받는다. 장 그르니에 교수의 권유로 공산당에 가입하지만, 이듬해에 탈당한다.

1935년 '노동극단'을 창설하고 연극 활동에 몰두한다. 작가와 배우와 관객이 우정을 나누는 무대를 사랑하여 평생 연극계를 떠나지 않는다.

1936년 헬레니즘과 기독교의 관계를 주제로 하여 「기독교적 형이상학과 신플라톤 철학」이라는 제목으로 졸업 논문을 발표한다. 중부 유럽을 여행하던 중 아내 시몬 이에의 부정을 알게 되어 그녀와 이혼한다.

1937년 데뷔작이라고 할 수 있는 산문집 『안과 겉』*L'Envers et l'Endroit*을 발표한다. 무엇인가 탐탁하지 않았던 듯 이 작품의 재출판을 오랫동안 허락하지 않는다.

1938-1940년 파스칼 피아가 창간한 신문 『알제 레퓌블리캥』에서 기자 생활을 한다.

1939년 인간과 자연의 결합을 축복하는 산문집 『결혼』*Noces*을 발표한다. 알제리의 산악 지방 카빌리를 탐사하여 「카빌리의 참상」*Misère de la Kabylie*이라는 제목의 기사를 쓴다. 제2차 세계대전이 발발한다.

1940년 파스칼 피아의 주선으로 프랑스 신문『파리 수아르』의 편집 담당 직원으로 채용되어 파리로 이주한다.『이방인』을 탈고한다. 리옹에서 알제리 오랑 출신의 수학 교사 프랑신 포르와 재혼한다.

1941년 알제리의 오랑으로 가서 잠시 교사 생활을 영위한다.

1942년 프랑스로 돌아와서 레지스탕스 운동에 참여한다. 전후 최고 소설 가운데 하나로 꼽히는『이방인』*L'Étranger*을 발표한다. 같은 해에 부조리 철학을 담은 시론『시지프 신화』*Le Mythe de Sisyphe*를 발표한다.

1943년 사르트르의 희곡『파리 떼』*Les Mouches*의 리허설 공연장에서 사르트르를 만난다.

1944년 희곡『오해』*Le Malentendu*를 발표한다. 사르트르와의 우정의 관계가 시작된다. 레지스탕스 신문『콩바』의 편집부에서 활약한다.『콩바』의 편집장이 된다. 희곡『칼리굴라』*Caligula*를 발표하여 대성공을 거둔다.

1945년 쌍둥이 자녀 장과 카트린이 태어난다. 독일 협력자 숙청 문제와 관련하여 소설가 프랑수아 모리아크와 논쟁을 벌인다.

1946년 미국을 방문하여 대학 특강을 하며, 대학생들에게서 뜨거운 호응을 얻는다.

1947년 소설『페스트』*La Peste*를 발표하여 즉각적인 호평을 받는다. 정치적 논쟁을 계기로 메를로퐁티와 결별한다.

1948년 　희곡『계엄령』*L'État de siège*을 무대에 올리지만, 실패한다.

1949년 　희곡『정의의 사람들』*Les Justes*을 발표하여 대성공을 거둔다.
　　　　 연극배우 마리아 카사레스를 만나 연인 관계를 맺는다.

1950년 　동시대 문제에 대한 의견을 모은『시사평론 1』*Actuelles 1*을 발
　　　　 표한다. 파리에서 아파트를 구입하고, 오랑에 머물던 가족을
　　　　 불러 함께 산다.

1951년 　반항 철학을 담은 시론『반항인』*L'Homme révolté*을 출간한다. 반
　　　　 항과 혁명에 대한 견해 차이로 앙드레 브르통과의 불화가
　　　　 깊어진다.

1952년 　『반항인』출간을 계기로 사르트르 진영과의 논쟁이 1년 이
　　　　 상 계속되는데, 논쟁은 결국 사르트르와의 절교로 끝난다.

1953년 　『시사평론 2』*Actuelles II*를 발표한다. 아내 프랑신의 우울증이
　　　　 깊어진다.

1954년 　산문집『여름』*L'Été*을 발표한다. 알제리 민족주의 세력이 폭
　　　　 력 시위를 조직한다.

1955년 　『이방인』을 상찬했던 롤랑 바르트가『페스트』를 비판함으로
　　　　 써 촉발된 불화가 돌이킬 수 없는 상처를 남긴다. 폭력 사태
　　　　 가 격화된 알제리에 다녀온다.

1956년 　알제리 전쟁의 와중에 민간인의 희생을 줄이기 위해 휴전을
　　　　 제안하지만, 동향인들에게 혹독한 비난을 받는다. 포크너의
　　　　 소설을 각색한 희곡『어느 수녀를 위한 진혼곡』*Requiem pour une*
　　　　 *nonne*을 무대에 올린다. 전편이 독백에 가까운 대화체로 구성
　　　　 된 문제작『추락』*La Chute*을 발표한다. 헝가리 민중 봉기를 지

지한다.

1957년 단편소설집 『유배지와 왕국』*L'Exil et le royaume*을 출간한다. 『사
형에 대한 성찰』*Réflexions sur la peine capitale*을 발표한다. 우리 시
대의 인간 의식에 제기된 주요 문제를 규명했다는 이유로
노벨문학상 수상자로 선정된다.

1958년 노벨문학상 수상 연설집 『스웨덴 연설』*Discours de Suède*을 발표
한다. 미숙함이 느껴져 오랫동안 재출판을 허락하지 않았던
데뷔작 『안과 겉』을 새로운 서문과 함께 다시 펴낸다. 『시사
평론 3』*Actuelles III*을 발표한다. 엑상프로방스, 아비뇽, 압트가
이루는 삼각 지대 한가운데 위치한 루르마랭에 별장을 마련
한다.

1959년 도스토옙스키의 소설을 각색한 희곡 『악령』*Les Possédés*을 직접
연출하여 무대에 올린다. 『반항인』 논쟁 이후 긴 슬럼프에
빠져 있었지만, 루르마랭에서 심기일전하여 『최초의 인간』*Le
Premier homme*을 의욕적으로 집필한다.

1960년 갈리마르 출판사 사장의 조카인 미셸 갈리마르의 자동차로
루르마랭에서 파리로 가던 중, 파리 근교 빌블뱅에서 불의의
자동차 사고로 사망한다.

옮긴이 **유기환**

한국외국어대학교 프랑스어과를 졸업했고, 프랑스 파리 제8대학교에서 '노동소설의 미학' 연구로 불문학 박사학위를 받았다. 한국외국어대학교 프랑스어과 교수로 오랫동안 재직했고, 한국불어불문학회 회장을 역임했다. 『알베르 카뮈』, 『조르주 바타이유』, 『노동소설, 혁명의 요람인가 예술의 무덤인가』, 『에밀 졸라』, 『프랑스 지식인들과 한국전쟁』(공저) 등을 썼고, 카뮈의 『이방인』, 『반항인』, 『페스트』, 바르트의 『문학은 어디로 가고 있는가』, 바타유의 『에로스의 눈물』, 바타유 소설 선집 『마담 에드와르다 / 나의 어머니 / 시체』, 외젠 다비의 『북 호텔』, 그레마스/퐁타뉴의 『정념의 기호학』(공역), 졸라의 『나는 고발한다』, 『실험소설 외』, 『목로주점』, 『돈』, 『패주』, 졸라 단편소설 선집 『방앗간 공격』 등을 번역했다. 시집으로 『당신이 꽃 옆에 서기 전에는』을 출판했다.

현대지성 클래식 66

시지프 신화

1판 1쇄 발행 2025년 6월 9일

지은이 알베르 카뮈
옮긴이 유기환
발행인 박명곤 **CEO** 박지성 **CFO** 김영은
기획편집1팀 채대광, 백환희, 이상지
기획편집2팀 박일귀, 이은빈, 강민형, 박고은
기획편집3팀 이승미, 김윤아, 이지은
디자인팀 구경표, 유채민, 윤신혜, 임지선
마케팅팀 임우열, 김은지, 전상미, 이호, 최고은

펴낸곳 (주)현대지성
출판등록 제406-2014-000124호
전화 070-7791-2136 **팩스** 0303-3444-2136
주소 서울시 강서구 마곡중앙6로 40, 장흥빌딩 10층
홈페이지 www.hdjisung.com **이메일** support@hdjisung.com
제작처 영신사

ⓒ 현대지성 2025

"Curious and Creative people make Inspiring Contents"
현대지성은 여러분의 의견 하나하나를 소중히 받고 있습니다.
원고 투고, 오탈자 제보, 제휴 제안은 support@hdjisung.com으로 보내 주세요.

현대지성 홈페이지

이 책을 만든 사람들
편집 백환희 **디자인** 유채민

"인류의 지혜에서 내일의 길을 찾다"

현대지성 클래식

현대지성 클래식 살펴보기